稀代の軍師　黒田如水

興膳克彦

目次

戦国延長戦

【登場人物】

黒田如水（五十三）
母里太兵衛（四十）
栗山利安（四十五）
馬杉省五郎（二十八）
福森甚内（二十三）
平山源三郎（三十）
文吉（二十八）
その妻・かつ（二十一）
龍若（十八）
その母・りう（四十）
虎蔵（二十六）
利助（二十五）
豊臣秀吉（六十三）
同秀頼（六）
淀の方（三十）

石田三成（三十九）
島左近（四十二）
前田利家（六十二）
徳川家康（五十七）
本多忠勝（五十六）
服部半蔵（三十二）
大友義統（三十）
お伽衆A
同B
同C
老婆
若者A
同B
同C
同D
町人A

同B
浜の長老
高札の武士
武士A
同B
同C
同D
忍者A
同甲
幌武者

○天井裏

画面一杯、墨を流したような闇。

タイトル流れる。

「戦国末期。

天下人、秀吉・家康が最も警戒した武将が九州に居た。

——その名を黒田如水　という」

ボソボソと人の話し声らしきものが聞こえてくるが、その内容も定かでなく、依然、闇の連続。

ここは何処なのか、一体何が起ころうとしているのか……。

息苦しくなる程の時が経過して……。

画面中央にスーッと細長い三角形が開き鋭い光が差し込んでくる。

その光線に照らし出され、闇の中に浮かびあがる一つの影。

——馬杉省五郎（二十八）

鋭い両眼を三角形の隙間に近付け、下を覗く。

○下の大広間

ここは大坂城内の一室。

タイトル「大坂城」

明々と燭台が照らされ、昼かと見紛うばかり。

金屏風の前に、二人の小姓を従えた太閤秀吉（六十三）

派手好みの権力者らしく豪華な衣装をまとっている。

秀吉の前に両手をつく異様な人物。

小柄で頭は丸坊主に剃り上げ、身につけたものは秀吉と全く対象的に、渋い地味な色調。

この物語の主人公、黒田如水（五十三）である。この時点では黒田官兵衛。

とても戦国武将とは思えぬ愛嬌ある顔立ちである。

秀吉「お主が隠居？　本気か、官兵衛？」

如水「はい」

秀吉「どういうことだ？」

如水「どうと言われましても……さて、困りましたな……（坊主頭をツルリと撫でる）」

秀吉「包み隠さず申してみい」

如水「もう、私如き老いぼれが出る幕ではございませぬ」

秀吉「……？」
如水「比度の二度目の朝鮮出兵……太閤殿下の軍監として海を渡り、老骨に鞭打って踏ん張りましたが、最早、私の裁量にては戦は出来ませぬ。石田三成殿、小西行長殿、宇喜多秀家殿……今や働き盛りの大名がキラ星の如く続いております」
秀吉「……？」
如水「この老いぼれにも不肖の子ではございますが、甲斐守長政が一軍の将として参陣致しております。その長政も既に齢三十……最早、長政に家督を譲った方がよろしかろうと……」
秀吉「……」
如水「こう思いまして朝鮮からまっすぐ豊前中津に戻り、剃髪して参上した次第にございます」
秀吉「……」
如水「かく申します以上、中津十八万石は長政に譲り、私めは悠々自適の日々を送るつもりにございます」
秀吉「戦の修羅場しか知らぬお主に、そんな暮らしが出来るのか？」
如水「（大きく頷いて）はい、茶を楽しみ……歌を詠み……花鳥風月を友として生きて参ります」
秀吉の頬に皮肉な笑みが浮かぶ。
如水「隠居の儀、お聞き届けいただきますなら、本日限り黒田官兵衛孝高は……如水と号すつもりにございます」
秀吉「ジョスイ？」
如水「ハイ、水の如し……と書きます。私めの今の心境は正に水の如く淡々としたもの。最も相応しい号だと、いささか自負しております」
秀吉「ウーム」
如水の真意を確かめるように凝視する。二人の視線に火花が散る。
秀吉「そのこと、しかと相違ないか？」
如水「……？」
秀吉「水の如き心境よ」
如水「嘘偽りはございませぬ」
暫く考え込む秀吉。
秀吉「それ程までに申すならば致し方ない。隠居の儀、許す」
如水「（平伏して）ハハッ、有り難き幸せに存じます」
立ち上がる秀吉と小姓二人。
伏せたままの如水。
秀吉達の気配が消えると、ゆっくり顔をもたげる。チラリと天井に目をやって如水「水にもいろいろあるわい、のう、省五郎……」

〇天井裏

目元に笑みを浮かべた省五郎、三角形の空間を元に戻す。

再び闇の中。

〇廊下（1）

引き上げる如水。

右足に軽い跛をひいており、歩く度に、キー、パタン、キー、パタンと床板が鳴る。

〇天井裏

明かり取りの僅かな光を受けつつ、如水と同方向に這う省五郎。

〇廊下（2）

小姓二人を従えて奥へ行く秀吉。

秀吉「（呟く）あの俄か坊主め、上手く逃げおって……。朝鮮からの無断の帰国、本来なら切腹も

のじゃ」（F・I）

○水の生態

以下をバックにメインキャスト、スタッフ流れる。

×　×　×

滾々と湧き出る泉。

澄み切った清らかな水だが、これがどう変わっていくか……。

×　×　×

――渓流。

切り立った断崖、紅葉、そして岩を噛む急流。

魚を養い、山の畑を潤し、人間の飲み水ともなる。

×　×　×

――大河。

緩やかな流れが左右の田畑を潤し、緑が美しい田園風景。

×　×　×

――そして海へ注ぐ。

波も低く穏やかそのものの平和な海。
以上でスタッフ、キャスト終わる。
（F・I）
×　×　×
静かなる水ばかりとは限らない。
同じ海。
腹に響く海鳴りと共に水平線が大きく盛り上がり、手前に押し寄せて来る。
――大津波である。
轟音と山のような波がぐんぐん接近し、やがて画面を圧する。
――ストップモーション。
起き上がるようにメインタイトル。
「戦国延長戦」
○徳川屋敷内・一室
薄暗い灯の前で向かい合う徳川家康（五十七）とその老臣本多忠勝（五十六）

タイトル「慶長三年春、徳川屋敷」

手紙を読み終え巻き戻している忠勝。

忠勝「かなり手厳しうございますなあ……」

家康「今、大名の心は完全に膿んでしもうた。福島正則……あの太閤子飼いの男でさえ、これだけ苦情を言うてくる御時勢じゃ」

忠勝「この分では他の諸将もやりきれぬ思いでございましょう」

家康「（頷いて）考えてもみい、一度ならず二度までも朝鮮に出兵を強いられ、諸大名の台所はどこも火の車だ。つい、愚痴のひとつも言いとうなるものよ」

忠勝「それにしても、殿への直訴が多うございますな」

家康「ウム」

忠勝「いよいよ徳川の出番が参りました」

家康、ニヤリと笑う。

忠勝「今なら太閤が死んでも、誰も……何も……言いませぬ」

家康「これ、声が高い（たしなめる）」

——静寂。

見つめ合う二人。
外でコトリと物音がする。
家康「（ハッとして）誰だ、半蔵か？」
立ち上がって障子を開ける。
外には闇が広がっているだけ。
家康「（呟く）風か……」
障子を閉めて振り返った家康、忠勝と意味あり気な視線を交わす。
忠勝「半蔵は今頃、城内に……」
ゆっくりと頷く家康。

○大坂城内
塀の陰から顔を覗かせ、油断なく周囲を見回す一人の男。
――徳川の忍者、服部半蔵（三十二）
異常なしと見て、塀から庭に音もなく跳び降り、やがて風のように奥へ消える。

○同城内・天井裏

天井板をずらし、光が差し込んでくる。下の部屋を覗く半蔵。

○同城内・大広間

狩野派の絢爛たる襖絵と金色の屏風。
その前に用意された四人分の酒膳。
上座に一つ、下座に三つ。
だが誰も居ない。
半蔵の視線、庭の方へ動いていく。

○同・庭園

篝火に照らし出された満開の桜。
三人のお伽衆を従え、夜桜見物の秀吉。上機嫌である。
秀吉「ハハハ……心配致すなと言うに」
お伽衆A「でも夜風は身体に毒と申します」
秀吉「構わぬ、構わぬ」
　秀吉一行、飛び石伝いに歩いていく。

○同・天井裏
半蔵、懐中から細い糸を取り出し、天井の隙間から下へ降ろす。

○同・大広間
上座に用意された酒器の口に、糸の端がスーッと降りてくる。

○同・天井裏
半蔵、竹筒からネットリした液体を糸に沿って垂らす。

○同・庭園
桜の中を歩く秀吉と三人のお伽衆。

秀吉「秀頼もまだ幼い。それに早う朝鮮を切り従えて明国へ兵を進めねばならぬ。それ迄はとても死ぬ暇などないわ！」

愛想笑いの三人。

秀吉、足を滑らせてよろける。

お伽衆B「お危のうございます！（秀吉を支える）」
　三人に支えられて苦笑する秀吉。
お伽衆C「さ、殿下、早うお部屋の方へ」
秀吉「ウム」
　秀吉一行、大広間の方へ戻っていく。

○同・大広間
酒器の口から糸が天井へ上がっていく。糸の端に液体の玉が丸く光っている。

○同
秀吉達、酒席に着いている。
秀吉、盃を手にしたまま問いかける。
秀吉「もし、儂が死んで再び戦国の世に戻ったら……誰が天下を取ると思う？」
お伽衆A「（眉をひそめて）殿下、縁起でもないことを」
秀吉「ハハハ……座興じゃよ、座興。だから思うままに言うてみい」
　顔見合わせる三人のお伽衆。

秀吉、盃を置いて面白そうに三人を見ている。

秀吉「それ、言うてみい」

お伽衆Ａ「やはり……徳川家康様？」

首を振る秀吉。

お伽衆Ｂ「では……加賀の前田利家様？」

秀吉「なかなか」

お伽衆Ｃ「石田三成様？」

秀吉「違うなあ……」

不審気に秀吉を見る三人。

秀吉「俄か坊主よ」

お伽衆Ｂ「（吃驚して）黒田官兵衛様！」

秀吉「今は黒田如水……あの坊主頭じゃ」

座が一瞬静まる。

お伽衆Ｃ「（首をかしげて）分かりませぬ。とてもそんなお顔には見えませぬが……」

秀吉「人はのう、顔だけでは判断できぬものぞ。その良い例がこの儂じゃ。信長様から猿、猿と呼ばれておった男が今、こうして天下を治めておる」

お伽衆を見回す秀吉。
三人とも納得した表情。
秀吉「儂が今こうしてこの席に座っておれるのも元はと言えば……あの坊主頭のお陰よ」
お伽衆「……？」
秀吉「明智光秀を倒した山崎の合戦以来、天下平定への戦は全てあの男の知恵で勝ったようなもの。(一呼吸置いて) 儂はあの男の言うとおりに踊っただけじゃ」
お伽衆Ａ「しかし、それにしては遥か九州の豊前中津十八万石、いささか小身にすぎると存じますが」
秀吉「お主ならどうする？」
お伽衆Ａ「それだけの論功がおありでしたら播磨か近江付近に五十万石……」
同意を求めるようにＢ、Ｃを見る。
軽く頷く二人。
秀吉、悪戯っぽく三人を見回して盃をグッと空ける。
秀吉「お主らも知恵がないのう。あの坊主頭に大坂付近で五十万石でも与えてみい、この秀吉、枕を高うして寝られぬわい」
お伽衆、不審気に顔を見合わせる。

秀吉「恐ろしい男よ、あ奴は……ウッ！」

突如、前のめりになって胸を抑える。

秀吉の酒膳が倒れる。

吃驚した三人、口々に「殿下！」と叫んで秀吉に駆け寄る。

両眼をむき胸をかきむしる秀吉。

ドッと前に伏す。

その口から多量の喀血。

鮮血が青い畳を赤く染めていく。

ギョッとした三人、口々に大声で喚きながら、救いを求めて奥へ走っていく。

○同・天井裏
下の光景を見ていた半蔵、満足気にニヤリと笑って天井板を閉め梁を伝って去っていく。

だが半蔵以外にもう一つの影があった。隅の闇の中に潜んで半蔵を監視していた二つの目。

それは馬杉省五郎である。

○田舎道

青々とした田畑が広がっている。

その向こうに小さな村落。

村落の彼方に青い山並み。

のどかな農村地帯の風景である。


タイトル「豊前・中津」

畑の中を真っすぐに伸びた道。

そこを如水が行く。

大きな杖を片手にヒョコヒョコと跛をひいて如水が行く。

風貌といい身なりといい、とても十八万石の前藩主には見えない。

せいぜい庄屋の村内視察というところ。すれ違う農民達、皆頭を下げていく。

如水、それらに対して嬉し気に頷き返したり、短い言葉をかけたりして相変わらずヒョコヒョコと歩いていく。

○農家
道に面した農家の縁側で世間話をしながら、餅と茶の馳走になっている如水。

老婆が如水の相手をしている。
如水「ほう、文吉に子がうまれたか」
老婆「元気な男の子でのう、丸々とよう太っとる。きっと父親に似てええ働き者になるじゃろ」
如水「それはめでたいが……さて、そうなると何か祝うてやらねばならんのう」
嬉しそうに頷く老婆。
前の道を血相変えた数人の若者が手に手に青竹や棒きれを持って走っていく。
如水「どうした、えらく慌ただしいの？」
老婆「また、龍若が来たんじゃろ」
如水「タツワカ？」
老婆「（頷いて）隣村の暴れ者でな、よう、うちの若い衆といさかいを起こしとる」
如水「ほう……それはいかんな（立ち上がる）」
老婆「これ、やめとった方がええ。巻き込まれて怪我でもしたら大変じゃ」
如水「馳走になったな」
若者達が去った方へ向かう如水。
見送る老婆。
老婆「（呟く）やめとった方がええのに」

○山裾

細い山道が下りきった所に石地蔵が立っており、その横に小さな空き地がある。そこに仁王立ちの龍若（十八）

髪は伸び放題、着物もボロをつけているが、はみ出した手足はまるで丸太棒のように太い。今迄、そこを耕していたらしく手に鍬を持っているし、足元の土が黒く掘り返されている。

龍若を遠巻きに囲む若者達。

若者A「誰の許しをもろうて、ここを掘り返した！」

若者B「ここ迄は俺達の村だ。隣村のお前が使う訳にはいかねえ」

龍若「違う、ここはお前達のもんじゃねえ」

若者C「なら、どこのもんだ？　お前達のもんか？」

やってきた如水、向かい側の土手に腰を降ろし見物を始める。

龍若「んにゃ、俺達の村でもねえ、地蔵様のもんだ」

若者C「ふざけるなバカ！　ここは昔っから俺達のもんに決まっとる」

バカと言われてカッと来た龍若、一歩踏み出す。

その迫力に圧倒され、思わずたじろぐ若者達。

龍若「（大声で）地蔵様のもんだ！」
若者Ｄ「そんならお前、地蔵様の許しでももろうたんか？」
龍若「ああ、もろうた。俺が使うても構わんと言われとる」
若者Ｂ「こいつ、嘗めやがって」
若者Ａ「話しても分からんのなら、やっちまえ！」
　若者達、一斉に殴りかかる。
　龍若、左右の手で青竹や棒きれをガチッと受けると、身体は幾つか打たれながらも、簡単にその得物を取り上げてしまう。そして両手を大きく振り回して逆襲。
　龍若の物凄い一撃が若者達の背や腹に決まり、アッという間に勝負がつく。
　若者達、這う這うの体で逃げていく。
龍若「ザマあみろ、クソッタレ！」
　ペッと唾を吐いて土手の如水に気づく。
龍若「何だ、お前？」
如水「強いのう、龍若」
龍若「何で俺の名を？」
如水「この中津で評判じゃ。お主を知らぬ者はない」

満更でもない龍若の表情。

如水「お主、儂の家来にならんか？」

龍若「家来？」

頷く如水。

龍若「お前、何者だ？」

如水「何に見える？」

龍若「博打うちにゃ見えんし……駕籠屋か？」

如水「（ニヤニヤして）さあ？」

龍若「分かった、馬方だろ？」

如水「……（苦笑）」

山道から旅の薬屋が現れ、二人の前を通りかかる。

如水「おい、そこの薬屋」

薬屋「へえ（立ち止まる）」

笠に手を当てて二人を見る。

その顔は省五郎。

如水「頭が良うなる薬はないかの？」

省五郎「これはまたキツイご冗談を」
如水「無いか……残念じゃのう（龍若を見て）こいつに飲ませてやりたかったが……」
　カッと来る龍若。
　道に出る如水。
如水「薬屋、うちで見せてもらうぞ」
省五郎「へえ」
　如水と省五郎、並んで去っていく。
　後に残った龍若、悪態をついている。
龍若「老いぼれ！　クソッタレ！」

○龍若の小屋
　貧相な小屋である。
　病床に伏せっている龍若の母りう（四十）
　その横でふかし芋をパクつく龍若。
龍若「おっかあも食えよ」
りう「そのお方……ひょっとしたら御隠居様では……」

龍若「何処の？」
りう「何処のって、お城だよ」
龍若「まさか、頭は坊主で脚も悪いぜ」
りう「なにっ！（右手を着いて上半身を起こす）」
龍若「無理すんなって（寝かせようとする）」
りう、龍若の芋を取り上げて
りう「本当に脚が悪かったんだな、そのお方は？」
龍若「ああ」
りう「お前、そのお方に老いぼれとかクソッタレとか言うたんか？」
龍若「ああ」
りう「あー、この大馬鹿者が。お前の方がよっぽどクソッタレじゃ！」
芋を龍若の口にグイと押し込む。
吃驚した龍若、息が詰まりそうになって目を白黒させている。

○中津城内・一室
如水、省五郎と筋骨逞しい大兵の武士。

——母里太兵衛（四十）
如水「で、太閤は死んだのか？」
省五郎「いえ、まだ息はありますが、そう長くは……」
如水「あの家康にしては、えらく焦ったな。のう、太兵衛？」
太兵衛「恐らく自分の年を考えてのことでございましょう」
如水「ウム、それに相次ぐ朝鮮出兵で諸大名の心が太閤離れしたし、いよいよ好機と見て牙を剥き出しにしおったわ」
頷く省五郎と太兵衛。
如水「三成はどうしておる？」
省五郎「淀の方を手中に致しました」

〇大坂城内・一室
薄物一枚まとって、布団の中に石田三成（三十九）と淀の方（三十）
淀の方「本当に大丈夫か、三成？」
三成「ご安心なさいませ。家康の野心を逆手に取って必ず秀頼様を関白の座に……。そうなれば後は淀の方と私めの思うがまま……」

淀の方「いつ、いつそうなります？」
三成「近い内、必ず。それ迄は太閤殿下のご回復をお祈りするのです」
　三成、淀の方の胸元を愛撫する。
淀の方「三成……」
　激しく抱き合う二人。

○元の中津城内
　如水、省五郎、太兵衛。
太兵衛「三成は搦手から攻め入ったか」
如水「どちらにしても、またキナ臭い世になるな」
太兵衛「はい」
如水「省五郎」
省五郎「ハッ！」
如水「お主の配下の者、直ちに十名集められるか？」
省五郎「仰せとあらば、すぐに名護屋から呼び戻します」
如水「構わぬ、もう朝鮮どころではない」

省五郎「はい」
如水「配下の者、大坂から中津への要所、要所に配し大坂の動きを速やかに伝えい」
省五郎「はい、では直ちに」
　薬屋の着物を脱ぎ捨てると、下は真っ黒の忍び装束。
　障子を開けた省五郎、二人に一礼すると闇の中に消え去る。

○大坂城内・一室
　病床の秀吉……その顔には既に死の影が漂っている。

　脇に控える家康と前田利家（六十二）

　丸みを帯びた家康に対し、鶴のように痩せた利家。

　やや離れて淀の方、秀頼（六）、三成。秀吉、家康と利家の手を取って懇願している。

秀吉「家康殿……利家殿……秀頼のこと、くれぐれもお頼み申す」

　頷く二人。

秀吉「儂が死ねば、世に争乱の種が起きるやも知れぬ。おことら二人、秀頼を助けて豊臣家を守って下され……。儂が作り上げたこの天下、絶対に……他人には譲りとうない」

家康「殿下、お気を強うお持ち下され」

秀吉「よいか……秀頼の威令が行き届く日まで大名同士の縁組をしてはならぬ。城に手を加えてもならぬ……秀頼を守るには全て今のまま残すのじゃ」
利家「殿下、ご安心召されい。この利家、しかと引き受け申しますぞ」
秀吉「ウム……（安心したのか急に声が細くなって）秀頼のこと……くれぐれも……よろしうお頼み申す……」

遂に息絶える秀吉。
それぞれの思いを込めて見守る家康、利家、三成、淀の方、秀頼。

○道
何処かへの輿入れであろう。
葵の紋を付けた長い行列が行く。
沢山の町民が見物に出ている。
町人A「また徳川様の行列だぜ」
町民B「今度の相手は何処だ？」
町民A「伊達様らしい」
町民B「何にしても豪勢な話だ、まったく」

○旅籠の二階
障子を細目に開けて下の行列を見る省五郎とその配下、福森甚内（二十三）
甚内「こりゃあ、家康の挑発ですぜ、頭」
省五郎「ウム……」
甚内「蜂須賀、福島、伊達……家康の血族は増える一方だ」
省五郎「この挑発に乗っては拙い」
甚内「……」
省五郎「だが、三成は乗った……」
甚内「でも、三成は確か佐和山に？」
省五郎「確かに大坂には居ない。しかし、あの男、加賀の宰相・前田利家殿を担ぎ出しおったわ」

○徳川屋敷内
対面する家康と利家。
家康「これはまた……利家殿の言とも思われませせぬ。この家康、故太閤殿下の禁令を破った覚え、全くございませせぬ」

利家「ならば何故、蜂須賀、福島、伊達の三家と婚姻を整えられた？」

家康「利家殿、貴殿まで世間の取るに足らぬ噂に惑わされるとは、家康、誠にもって心外でござる。

この三家との縁組は太閤生前から決まっておったこと。無論、太閤にもちゃんと断ってある」

利家「……」

家康「拙者の話でご納得いかぬなら、直接三家へ確かめられたら如何かな？　当方は一向に差し支えございませぬが」

二人の視線に火花が散る。

利家「ならば……そうさせていただこう」

立ち上がる利家。

家康「ご存分に（一礼）」

利家、肩をいからせて出ていく。

やがて音もなく庭先に姿を現す半蔵。

家康、半蔵に目で合図を送る。

頷く半蔵。

○前田屋敷

――利家の寝室。

熟睡している利家。

天井板が開き半蔵が音もなく降り立つ。懐から黒い布を出し、水盤の水に濡らすとそれを拡げて利家の顔にかける。

夜具の上から馬乗りになって、利家の動きを封じる半蔵。

利家、僅かに首を振っただけで絶命。

○同・外
屋敷の方から黒い影となって走ってくる半蔵。

庭を風のように横切り素早く塀の上へ。チラッと屋敷の方を振り返って、路上へ姿を消す。

――塀に沿って一本の大木がある。

その茂みの中に身を潜めて半蔵を見守っていたのは―省五郎。

○早馬
巧みな手綱捌きで夜道をとばす省五郎。

○早船
——大坂付近の海辺の早暁。
小さな漁師小屋がある。
遠くに聞こえる馬蹄の音。
戸が開き三人の男が飛び出してくる。
その中に甚内の顔がある。
甚内、地面に耳を当て、他の二人は闇を透かし見る。
甚内「頭だ！」
三人の男、海岸へ走り、もやってあった船を出す。
馬で駈けつけた省五郎、素早く船へ。
三丁櫓の船、朝霧の中へ消えていく。

○中津の浜
——早朝。
漁師達が地引き網を引いている。
エイオー、エイオー……威勢の良い掛け声が浜に響く。

松林の中に現れる如水。

嬉しそうに頷くとヒョコヒョコと浜に居る長老の横にやってくる。

如水「これ、済まぬが鯛を一匹分けてもらえんか？」

長老「これはご隠居様、おやすいことで」

網を引いていた若い男を呼ぶ。

長老「利助！」

潮に焼けた逞しい腕と顔の利助（二十五）がやってくる。

長老「（銛を渡して）鯛を一匹突いてこい」

利助、黙って銛を受け取ると海へ戻る。腰まで水につかりながら、地引き網の中へ無造作に銛を突き出す。

その先に見事な大鯛が光っている。

戻ってきた利助、長老に銛ごと渡す。

如水「見事な腕じゃのう、名は何という？」

利助「利助」

如水「ウム、覚えておくぞ。利助、お前が武士ならさしずめ槍一筋の侍大将じゃ。我が家臣の母里太兵衛と互角かもしれぬ」

長老「（吃驚して）ご、ご冗談を……」
　如水、ニッコリ笑って小銭を渡す。
長老「滅相もない（返そうとする）」
　固辞する長老を抑えて鯛を受け取る。

○或る農家の庭先
　如水の前に平伏する百姓文吉（二十八）その前に盥に入れた先程の鯛。
如水「早う、顔を上げてくれい」
文吉、いよいよ辞を低くする。
如水「困ったのう……」
　文吉の前にしゃがみ込む。
如水「お前にはいつも村歩きの途中で世話になっておる。そんなお前に男の子が生まれたのだから、
　これは儂からの祝いだ」
文吉「勿体ねえ……」
如水「いいから取っておけ」
文吉「ありがとうごぜえます……」

何度も何度も頭を下げる文吉。

文吉の女房かつ（二十一）赤子を抱いて家から出てくると、文吉の横に膝をつき何度も頭を下げる。

如水、かつから赤子を抱き上げあやす。途端に泣き出す赤子。

如水、懸命にあやすが中々泣きやまない。

如水「困ったのう……（苦笑する）」

文吉夫婦、感激して如水を見上げている。庭先に姿を見せる太兵衛、赤子を抱いた如水を見て思わず口元がほころぶ。

太兵衛「ご隠居」

如水「よお、太兵衛か」

太兵衛「お迎えにあがりました」

如水「ウム」

赤子をかつに戻す。

かつの腕に抱かれた途端、泣き止む赤子。

如水「（苦笑して）やれやれ……嫌われたか」

坊主頭を撫でる。

○露天風呂

――山の中の温泉。

如水と太兵衛が湯につかっている。

一見、のんびりした湯治風景だが、よく見ると周辺は緊迫した状況である。

二人の後の岩陰に省五郎。

身を乗り出すように二人と話している。湯の周辺には省五郎配下の忍者達。

何れも忍び装束で油断なく周囲に目を配っている。

太兵衛「酷いことをやるものよ、利家公まで殺めるとは……」

如水「家康の正体見たり湯気の中……か」

太兵衛「（苦笑して）ご隠居」

如水「権力の座に就くと何故こうも酷うなるかのう。太閤も家康も、昔は領民思いの良い武将じゃったに……」

太兵衛「権力の持つ魔力でございましょう」

如水「かもしれん、省五郎」

省五郎「はい」

如水「三成は相変わらずか？」
省五郎「はい、淀の方はじめ奥の女子どもの信任は絶対でございます」
如水「そこがまた家康の思う壺よ、太閤子飼いの荒武者共は三成嫌いのうえ、大の淀の方嫌いときておる。このまま放っておくだけで家康の勢力は膨れあがっていくわ」
頷いている太兵衛。
突然、前方で「誰だ！」と誰何する声。如水をかばうように身構える太兵衛と省五郎。

○山道
りうを背負った龍若、省五郎配下の忍者に取り囲まれて困惑している。
龍若「な、何だ、お前達は！　お袋を湯に入れるだけなのに何でそんなに睨むんじゃ」
甚内「良いから黙ってついてこい」
龍若の太い腕を取って進む。
母を背負っているため身動きがとれず不貞腐れて従う龍若。

○露天風呂・外
湯上がりの如水と太兵衛、薄い上衣をまとって岩に腰掛けている。

その前に座る龍若とりう。
遠巻きに囲む忍者達。
如水「ちょっと内緒話をしとったもんで……済まんことしてしもうた、謝る、このとおりじゃ（頭を下げる）」
りう「勿体ない……別に乱暴された訳じゃないけ……」
如水「もうよい、儂らはこれで退散する。後はお前達がゆっくりと湯につかるが良い。（立ち上がる）」
太兵衛「ここの湯は足腰によう効く」
如水「儂もな、この湯に入り始めてだいぶ脚がようなったわ……龍若」
龍若「はい」
如水「お主、みかけによらず親孝行じゃの」
龍若「エヘヘヘ……（顔をクシャクシャにして笑う）」

○山道
忍者の担ぐ輿に乗って山を下りる如水。輿の前を太兵衛、後を省五郎がそれぞれ固めている。

如水「政治というのは、あのような親子が心安らかに暮らせる世の中を作ることじゃ。武士だけの世であってはならぬ。のう、太兵衛」
太兵衛「いかにも。今のご隠居の言葉、家康と三成にも聞かせとうございますな」
如水「今は、とても聞く耳など持つまい……」

○露天風呂
湯につかるりうと龍若。
りう「あのご隠居は……何でも若い時、播磨のお城に長いこと閉じ込められて脚を悪うされたそうじゃ」
龍若「播磨！　そんなに遠くからこの豊前にみえたのか？」
りう「太閤様の命令じゃ、仕方あるまいが」
龍若「お侍も見かけによらず大変なんじゃのう……」
りう「何を分かったようなこと言うとる」

○徳川屋敷
一枚の地図を前に家康、忠勝、半蔵。
忠勝、扇の端で地図上を示しながら

忠勝「石田三成は西の毛利、東の上杉と組んで不穏な動きを始めております。そこで殿が豊臣家を守るために上杉を討つと称して大坂を空に致します」
家康「ウム」
忠勝「恐らくその隙に三成は、打倒徳川の兵を挙げることに相成りましょう」
家康「ウム……（ニヤリ）」
忠勝「そうなればしめたもの、豊臣恩顧の大名達は決して三成には従いませぬ。そのまま直ちに兵を返して三成を討つ……」
家康「ウム、そこ迄は恐らく忠勝の言うとおりに推移するであろう。最良の策じゃ」
忠勝「ハハッ！」
満足気な笑みを浮かべて一礼する。
家康「問題はあの男よ」
忠勝「は？」
家康「中身はどうあれ、我が方も三成方も凡そ十万の軍勢を率いて……そうじゃのう、恐らく美濃あたりで雌雄を決することになるであろう」
忠勝「（頷いて）多分……」
家康「儂とて十万の大軍を操るに、三成には決して負けはせぬ。ただあの男が三成側につくとなると……話はややこしうなる」

忠勝「はて……そんな男が居ましたかの？」

家康「黒田如水よ」

忠勝「如水？」

家康「そう、あの俄か坊主よ」

忠勝「これはまた異なことを。たかが豊前中津十八万石の隠居ではありませぬか」

家康「お主はあの男の恐さが分かっておらぬ。あの男に十万の兵を与えてみよ、自由自在にまるで我が手足の如く操って、忽ち天下を取ってしまうわ」

忠勝、呆然としている。

家康「太閤は流石、それを見抜いておった。だからこそあれだけの戦功があったにも拘わらず、遥か九州の……しかも豊前中津十八万石の小藩に封じ込めてしもうたのよ」

忠勝「……」

家康「今となってはこの家康、太閤の仕置きに感謝せねばならぬわ（自嘲めいた笑いを浮かべる）」

忠勝「如水がいくら戦上手というても、今は隠居の身。まして現藩主の長政は反三成の急先鋒、となりますとそうそう勝手な動きもとれますまい」

家康「そうあって欲しい。されどこの乱世、今迄どれ程、親子兄弟が血を流し合うたことか。武田信玄は父親を追放した、信長公も弟信行殿と争われた。この儂とて嫡男信康に腹を切らせた……人の世には何が起こるか分からぬ」

口をへの字に結び、腕組みして黙り込む忠勝。

――重苦しい沈黙。

半蔵「恐れながら」

家康「ム？」

半蔵「三成も如水殿に対し、全く同様の心配を致しております」

家康「やはりそうか」

忠勝「何か動きがあるのか？」

半蔵「はい、三成の重臣・島左近が何やら動き始めたようにございます」

○神社の境内

黒装束の忍者二人、風のように走る。

鳥居をくぐり石畳の上を音もなく走る。やがて正面に古い社。

一人が濡れ縁をコツコツと叩く。

社の裏から姿を現す一人の武士。

――石田三成の家老・島左近（四十二）
左近「どうだ、居たか？」
頷く忍者二人。
左近「よし、では手筈通りじゃ」
忍者、軽く頷いて来た方向へ走り去る。じっと見送っている左近。

○遊郭
若い太夫を横にはべらせて酒を飲む大友義統（三十）
青白い顔に両眼が座り悪酔いの様子。
ぐっと盃を空けた途端、何やら喚いて盃を畳みに叩きつける。
怯える太夫。
――その瞬間。
サッと襖が開き、二人の忍者が飛び込んでくる。
義統と太夫に当て身をくらわし気絶させると素早く義統を運び出す。
正にアッという間の出来事。

○闇の中

暗闇の中にポッカリと浮かびあがっている義統。

気を失っているのか、それとも泥酔のうえ熟睡しているのか定かではないが、両眼を固く閉じて横たわっている。

夢でも見ているのか、時折表情が歪む。やがて、闇の中に横たわる義統の身体がゆっくりと回転し始める。

闇の中に左近の声が響く。

左近の声「大友義統殿……謹慎中にも拘わらず酒色に溺れるとは何という体たらく……そのざまでは九州一円に覇を唱えられた父君、大友宗麟公に対し申し開きが出来ませぬぞ」

義統の表情が苦し気に歪む。

左近の声「今一度、家名を興しなされ……中央の混乱に乗じ兵を率いて九州へ下られよ。豊前は大友発祥の地……御家再興を願う浪人衆が多数馳せ参ずるに相違ござらぬ。黒田を駆逐して旧領を実力で奪い返されよ……」

脂汗を浮かべた義統、ハッと両眼を開き上半身を起こす。

キョロキョロと周辺を見回す。

○寺
巨大な門前に女物の駕籠が止まっている。

○同・内部の一室
固く抱き合う三成と淀の方。
淀の方「三成、会いたかった……」
女の方が積極的に唇を求める。
二人の唇が重なり三成の右手が淀の方の胸元をまさぐる。
——その時である。
左近の声「殿……」
素早く離れる二人。
左近の声「左近にございます」
三成「ウム」
左近の声「例の男、連れて参りました」
三成「すぐ行く、待たせておけ」
淀の方に意味あり気な視線を送る。

○同・別の部屋

三成の前に手をつく義統。

二人の間に左近が座っている。

三成「前の豊前国主・大友義統、この度秀頼公の命により旧領に復す」

義統「ハハッ、有り難き幸せに存じます」

三成「速やかに豊前に討ち入り黒田勢を打ち払え。後は徳川についた者の領地、貴殿の切り取り次第！」

義統「ハハッ！」

三成「なお、出陣に際し秀頼公より鞍馬百頭、甲冑百領、長槍百本、鉄砲三百丁、白銀三千枚が給せられる。有り難く受領致せ」

義統「重ね重ねの心尽くし、有り難く頂戴つかまつります」

○同・隣の部屋

襖の陰で男達のやりとりを聞いている淀の方、会心の笑みを浮かべる。

○前の部屋
　向かい合う三成と左近。
　義統の姿は消えている。
三成「流石、島左近、ようやった」
左近「恐れ入ります」
三成「これで如水は九州を動けぬ。後は全力を挙げて家康に当たるのみ」
　サッと襖が開き、淀の方入ってくる。
　ススッと寄って来て三成の横に座る。
淀の方「勝てるか、三成？」
三成「勝ちます、いや勝たねばなりません」

○山の中
　空中高く舞い上がった鷹、地上に獲物を見つけたのか、急降下してくる。

○同・家康の本陣
　葵の紋の入った幔幕を背に、床几に腰かけて鷹狩りを楽しんでいる家康。

　後ろに忠勝はじめ重臣達が控えている。
家康「（立ち上がって）おっ、やった、やりおったわ！」
　彼方の鷹の活躍を見て満足そう。
　忍び装束の半蔵が入って来て、何やら耳打ち。
家康「なにっ、大友義統が豊前に向かった？　本当か？」
半蔵「はい、間違いございませぬ」
家康「ウフフフ……」
　込み上げてくる笑いを抑えきれず、つい声が漏れる。
家康「そうか……三成はその手できおったか。有り難い、実に有り難い。のう忠勝、儂には天運がついておるぞ」
忠勝「いかにも」
家康「これで如水は豊前を動けぬ。動けぬどころか、大友に援軍を出したい心境じゃ。これで背後を気にせず、ただひたすら上杉に向かえば良い。今の徳川にとっては正に三成様々じゃ。ワハハハ……」

〇樹の上

葉の繁みに隠れ、遠眼鏡で家康の唇の動きを読んでいる省五郎。

○豊前中津・文吉の畑

領内を視察する如水と太兵衛。
二人とも粗末な服装である。
畑を耕している文吉とかつ夫婦。

如水「二人とも精が出るのう」
文吉「あ、これはご隠居様」
手を休めて挨拶する文吉夫婦。
畦道に赤子が籠に入れて置いてある。
如水「コレッ（赤子の頬をつつく）」
赤子がニッコリ笑う。
如水「おお、今日は笑うてくれたわ」
嬉しそうに笑う如水。

○同・老婆の家

縁側に座って茶を馳走になっている如水と太兵衛。

老婆「今年は豊作間違いなしじゃ、雨が欲しい時にはたっぷり降ったし、日が照って欲しい時には、お天道様がちゃんと顔出さっしゃるし……」

如水「ウム……（頷いている）」

老婆「これも、ご隠居様の心掛けがええせいじゃ」

如水「ほう、それはまたどういうことだ？」

老婆「（小指を出して）ご隠居様は側室を持たれんとか……浮いた話がのうて女子どもの評判は抜群じゃ。だから女子達もよう働く」

太兵衛「ハハハ……お婆、その通りじゃよ」

如水、頭をツルリと撫でて照れている。

○中津の浜

松林の中から姿を現す如水と太兵衛。

眼前に青い海が広がっている。

暫く景色にみとれている二人。

太兵衛「ご隠居！（沖の方を指す）」

見ると小舟がこちらに向かっている。
それは省五郎と甚内はじめ、彼の配下が漕ぐ小舟である。

○中津城内
如水、太兵衛、省五郎の密談。
太兵衛「三成め、大友義統を担ぎ出しおったか……」
如水「（省五郎を見て）家康が喜んだであろうな？」
省五郎「ハイ」
如水、腕組みして暫く考えていたが
如水「（キッパリと）よし、受けて立とう」
太兵衛と省五郎、ハッとしたように如水を見る。
如水「家康も三成も邪心の塊じゃ。己が天下を取ることしか考えておらぬ。百姓町人の暮らし向きのことなど、これっぽっちも考えておらぬ。そんな輩に天下の政治を任せる訳にはいかぬわ」
太兵衛「さりとてご隠居、黒田の主力は長政殿に従って出払っております。今、中津に残るはほんの数百……」
如水「集めるのよ」

太兵衛「……？」
如水「領内全域に触れを出して集めるのよ」
思わず息を呑んで顔見合わせる太兵衛と省五郎。

○中津城下
高札を持った騎馬武者が走る。
西へ東へ……農村へ漁村へ……。

○町角
腹をすかした様子の龍若、フラフラと歩いている。
後方から馬蹄の音。
通行人、左右に道を開ける。
龍若、人ごみに巻き込まれる。
高札を持った武士A、威勢よく飛び降りると街の辻に高札を立てる。
忽ち人の群れが出来る。
浪人もあれば農民、町人も居る。

龍若もフラフラと寄ってくる。

武士A「いいか、よく聞け！　この度、黒田如水様、思う所あって兵を集めておられる。我と思わん者は城に来いっ！　百姓でも町人でも構わぬ。年令も問わぬ。年寄りでも子供でも腕に覚えあれば城に来いっ！　城に来れば支度料として銀一枚与える」

人垣にどよめきが起こる。

互いに顔を見合わせたり、つつき合ったり……関心が高い。

龍若、人を押し分けて高札へ近付く。

○文吉の庭

——空が赤い。

赤子を抱いて立つ文吉とかつ。

かつ「アンタ、やっぱり行くの？」

文吉「百姓、町人でもええちゅうことは……あのご隠居、余程困っておるに違いねえ」

かつ「……」

文吉「俺には……これくらいしか恩返しはできねえ」

かつ「でも……戦があるんじゃろ？」

文吉「そりゃあそうかもしれんが……なあに、あのご隠居のことだ、百姓は危ない目にあうようなことはねえ」

文吉を見詰めるかつ。

忽ちその眼が潤み、いたたまれなくなって母屋の方へ走る。

○中津の浜

松の木に、漁に使う籠が口を手前に向けて括りつけてある。

ヒューッという唸りと共に飛んで来る一本の銛。

籠の口から松の木に突き刺さる。

数間離れた所に利助が立っている。

砂浜に突き立てた数本の銛から無造作に一本を取って、籠を狙い、投げる。

また見事に命中。

物陰から見ていた長老、現れる。

利助、チラリと長老を見る。

長老「お前、やっぱり行くのか？」

領く利助。

長老「戦になったら死ぬかもしれんぞ」
利助「漁師だって命懸けだ。俺の親父みたいに時化でやられて帰ってこねえ話は、いくらもある」
長老「……」
利助「俺ぁ、侍になる。同じ死ぬなら戦で死んだ方がましじゃ」
長老、悲し気な表情で利助を見ている。利助、もう一本の銛を投げる。
これも見事に籠の口を抜けて、松の木に突き刺さる。

○中津城・大広間
母里太兵衛、栗山利安（四十五）はじめ数名の重臣が並んでいる。
その前に重そうな木箱を担いだ武士二人が現れ、木箱を開ける。
重臣達の前に銀貨の山が出来る。
廊下には木箱を担いだ武士が何組も続いている。
太兵衛「流石、ご隠居じゃ。日頃の倹約がこういう時に物を言うわ」
盛んに頷いている重臣達。

○同・大手門

――翌日。

長い行列が出来ている。

やはり浪人姿が多い。

痩せ馬に乗った者、破れ兜をつけた者、錆びた槍を担ぐ者……。

そんな中に百姓、町人の姿も相当混じっている。

龍若、文吉、利助の顔もある。

○同・大広間前
庭に延々と続く人の列。

順番が来た者は自分の名前を記帳してもらい、勘定方から銀一枚もらって退っていく。

尾羽打ち枯らした浪人姿の平山源三郎（三十）が並んでいる。

服装は粗末だがひと癖ありそうな目付き。源三郎の番になり、金をもらって退っていく。

あと三人で龍若の番になる。

龍若の目には座敷に積まれた銀貨しか見えていない。

龍若、何を思ったか、いきなり列を飛び出すと庭から座敷に跳び上がり、両手に銀貨を掴み取る。

——騒然。

龍若、数名を突き飛ばして逃げようとするが、忽ち警固の武士に抑え込まれる。龍若、怪力で二人は投げとばすが、数人に槍をつきつけられて万事窮す。

○同・隠居部屋前

縄で後ろ手に縛られた龍若、庭に引き据えられている。

廊下に立つ如水。

武士A「こやつ、母親の薬代欲しさに手を出したと言うておりますが、果たして本当かどうか……」

如水「来てくれたか、龍若（嬉しそう）」

武士B「ご隠居、こやつをご存じで？」

如水「縄を解いてやれ」

ためらう二人の武士。

如水「（強く）縄を解けと言うておる！」

武士A、抜刀して縄を切る。

両手に感覚が戻りホッとする龍若。

如水、部屋の中に姿を消すが、すぐに小さな紙袋を持って現れる。

如水「この薬を母親に届けてやれ」
　ポカンとしている龍若。
如水「儂も愛用している薬での、足腰の病によう効く。そのかわり龍若、明日の夜明けには必ず戻って来いよ」
龍若、尚も信じられぬ表情。
如水「それ、早うせい！」
龍若「ハイッ！」
　龍若、如水から紙袋を受け取ると何度もおしいただき、やがて走り去る。
武士A「ご隠居……」
如水「まあ、見ておれ」

〇道
走る龍若。
身体中に喜びを表し、ひた走りに走る。右手にしっかりと紙袋を握りしめている。

〇中津城・大手門

——翌早朝。

朝霧が濃い。

ギーッと音を立てて門が開き、中からヒョコヒョコと出て来る如水。

如水「(空を見て呟く) 今日もええ天気になるじゃろ……」

○同・堀端

濠に沿ってヒョコヒョコと歩く如水。

霧の中に人影が浮かぶ。

立ち止まる如水。

だがそれは龍若でなく博徒・虎蔵 (二十六)

何故か褌一つの奇妙な格好。

両肩から背へ見事な猛虎の刺青。

如水と虎蔵、すれ違う。

虎蔵、ふと振り返って

虎蔵「爺さん!」

如水「(振り返って) ……?」

虎蔵「お前も戦に出るのか？」
如水「ああ」
虎蔵「ご苦労だね、良い年して」
如水「……」
虎蔵「それなら金あるだろ？」
如水「まあ、な……」
虎蔵「（猫なで声になって）ちょっと貸してくれんか？（博打の真似をして）これでスッテンテンでよ、この通りだ」
両手を合わせる虎蔵。
如水「そりゃあ、心掛けが良くないのう」
虎蔵「（カッときて）何だと！」
如水「心掛けが悪いと言うた」
虎蔵「この爺い、人が下手に出りゃつけ上がって！」
如水、ニコニコ笑っている。
虎蔵「（如水の襟元をつかんで）貸すのか、貸さんのか！」
如水、軽くその手を振り払う。

ギクリとなる虎蔵。
如水「お前が必ず戻るなら貸しても良い」
虎蔵「帰る、必ず返しに来る」
如水、懐から銀一枚を出して渡す。
虎蔵、ニヤリとして来た道を引き返す。
如水「（苦笑して）やれやれ……」

× × ×

霧が晴れてくる。
道端の石に腰を降ろして前方を見詰めている如水。
その口元に微笑が浮かぶ。
前方から走ってくる龍若。
息を切らし、髪振り乱し、顔には塩が吹き出している。
如水に気づく龍若。
崩れるように如水の前に両手をつく。
如水「（ニッコリと）帰ったか……」
龍若「（息を切らして）ハイ……」

如水「よう戻った。だが、これで罪が消えた訳ではないぞ」
龍若「ハイ」

〇中津城内
大木に縛られている龍若。
見張っている武士A。
如水、やってくる。
如水「縄を解いてやれ」
武士A、縄を解く。
両腕を振って解放感を味わう龍若。
如水「今度は馬屋の掃除だ、ついて来い」
龍若「ハイッ！」
喜々として如水についていく。
残った武士A、首をひねって
武士A「変わったご隠居だ……」

○馬屋
龍若、掃除に励んでいる。
見守っている武士B。

○中津城内・一室
碁盤を囲む如水と太兵衛。

太兵衛「ご隠居」
如水「ム？」
太兵衛「あのお仕置きは、一体どういうことで？」
如水「龍若の悪さ、お主ならどうする？」
太兵衛「あれだけの悪さだから……ま、三日三晩は縛りつけますか……」
如水「（頷いて）そういうとこだろ、でもなそれをやると肌は痛むし、手は痺れてしまう。そうなっては物の役に立たんではないか」
太兵衛「……」
如水「肌を痛めず、機能を損なわず、懲らしめになればそれで十分。やり過ぎると儂の脚みたいになってしまうわ」

太兵衛「成る程、ご配慮、恐れ入ります」
如水「さ、今度はお主の番じゃ」
太兵衛「ハッ、ならば」
　ピシリと石を打つ。
如水「アッ、これは痛い、これは痺れる」
　ニヤニヤしている太兵衛。
如水「待てぬか？」
　首を振る太兵衛。

○中津城・大手門
今日も長蛇の列が出来ている。
その中にまた平山源三郎の顔が見える。

○同・城内・庭
武士Ｃ・Ｄに突き飛ばされる源三郎。
その前に如水が立っている。

如水「どうした？」
武士Ｃ「この男、昨日も支度金をもろうたくせに、今日もまたヌケヌケと並びまして」
武士Ｄ「侍のくせに……恥を知れ！」
　不貞腐れて横を向いている源三郎。
　如水、暫くその横顔に見入っていたが。
如水「儂が黒田如水じゃ」
　ハッとする源三郎。
如水「名は何という？」
源三郎「元野中家家臣、平山源三郎」
如水「野中か……あれは手強い相手じゃった。決して望んだ戦ではなかったが、儂とて領内の反乱を鎮めんことには生きていけんからのう」
　石の上に腰を降ろす。
如水「流石、この地で武勇を誇った野中一族。あれだけの寡兵でよう戦うた。五分の兵力だったら果たして我らが勝ったかどうか」
　自尊心をくすぐられて源三郎の表情に明るさが出る。
如水「（武士Ｃ・Ｄに）この男、儂が預かる。今日のこと、不問にせい」

武士C・D「（不満ながら）はあ……」
如水「この男の面構えを見よ、必ず二人分の働きをしてくれるわ。それなら銀二枚を与えても惜しうないではないか」
源三郎、如水の前に平伏する。
源三郎「ご隠居……（絶句）」
その肩が震えている。
如水、満足気に頷きながらヒョコヒョコと去っていく。

○同・別の庭
握り飯を食べている龍若。
指についた飯粒まで丁寧に口に入れて、さも満腹した様子。
自ら大木の前に立つと両手を差し出して
龍若「お願いします（ペコリと一礼）」
武士A、苦笑しながら縄を持つ。

○同・夜

木に縛られたまま眠っている龍若。
如水、やって来て脇差を抜き縄を切る。支えを失い転倒する龍若。
龍若「（吃驚して）ご隠居！」
如水「もう良い、償いは済んだ」
龍若「……？」
如水「母の元に帰れ」
龍若「いやです」
如水「……？」
龍若「ここに残ります」
苦笑する如水。

○同・中間部屋
十畳程の部屋に源三郎、文吉、利助、龍若、虎蔵の五人。
文吉と龍若は源三郎に教わりながら武具の手入れをしている。
利助は隅の方で銛を磨いている。
虎蔵、反対側の隅でごろ寝。

源三郎「お前達、何故ここに来たんだ？」
文吉「ご隠居のためじゃ」
源三郎「ほう……（手を休めて文吉を見る）」
文吉「ご隠居は村歩きの途中、よう家に寄ってくださる。女房の出した柿が美味いと褒めてもらえるし、子供が生まれたらお祝いを下さる。そんなご隠居が兵を集めておられるのに、俺が知らん顔しとったら罰が当たるわ」
源三郎「成る程、（龍若に）お前は？」
龍若「俺ぁ……あの大将の為なら死んでもええ」
源三郎「何故？」
龍若「何故と聞かれても困るが……訳はない」
源三郎「（頷いて）実は……俺もそうだ。俺は武士だから戦で死ぬのは厭わぬが、お前達までそうとはなあ……」
文吉「そんなお人じゃ、あのご隠居は」
　互いに頷き合う源三郎、文吉、龍若。
源三郎「（利助に）お前、漁師か？」
　ジロリと見る利助。

源三郎「余程銛には自信があるようだな？」

利助、黙々と銛を手入れしている。

虎蔵、むっくり起き上がって胡座をかく。

虎蔵「フン、おめでたい奴ばかりだぜ、この城ん中は。侍だけならともかく百姓・町人までが、あの大将の為なら死んでもいいなんてぬかしやがって」

四人、虎蔵を見る。

虎蔵「（源三郎に）アンタ、俺達の組頭ということだがな、俺ぁ、初めっから断っとくぜ、戦になったらすぐに消えるからな。どだい大将の顔も知らねえのに、お前達に付き合う訳にはいかねえ」

虎蔵、四人を見回して利助に
虎蔵「戦ってのはなあ、魚とるようにゃいかねえぞ」

ムッとした利助、手にした銛を投げる。虎蔵の脇腹をかすめて後の柱にグサッと突きささる。

顔面蒼白になる虎蔵。

利助「今度言ったら背中の虎に突き立ててやるからな」

○中津城内・大広間
――軍議。

如水の前に太兵衛、利安はじめ重臣達が並んでいる。

隅の方に省五郎の顔も見える。

如水の前に碁盤が置いてある。

如水「募兵で九千、これに黒田家臣を加えれば約一万か……よう集まったのう」

利安「しかし、ご隠居……」

如水「まあ聞け、これが……我が中津城じゃ」

碁盤の中央に白石をパチリと打つ。

如水「ところが、富来城の垣見一直、安岐城の熊谷直盛、佐伯城の毛利高政、府内城の早川長政、臼杵城の太田一吉、高田城の竹中高重……竹田城の中川秀成、何れも三成方についておる」

白石の周辺に順番に黒石を置いていく。

如水「しかも上方からは、大友義統が三成のお墨付きをもらって南下しておる。これは並の相手ではない」

やや離れた個所に黒石を三個並べる。

一つの白石を十個の黒石が圧する盤面。

如水「（見回して）どうじゃ？」

今更の如く事態の重大さを思い知らされた感じである。

如水「利安」
利安「はい」
如水「先程、何か言いかけておったの?」
利安「はあ、あれはもう……」
如水「遠慮するとはお主らしうもない、言うてみい」
利安「ハッ、では申し上げます。今回の募兵の件、既に近隣諸藩に知れ渡っております」
如水「(頷いて)ウム、そうであろう」
利安「烏合の衆と申しております」
再び頷く如水。
利安「浪人、百姓、町人を例え何万、何十万集めたとて何ら恐るるに足らぬと……」
如水「さあ……それはどうかな? (ニヤリとして)良いか、この黒石の中で最も要注意はこれじゃ」
大友義統軍を意味する三個を指す。
如水「三成は義統に大量の軍資金と鉄砲三百丁を与えておる」
顔見合わせる諸将。
太兵衛一人、腕を組んで平然としている。
如水「ところがじゃ……省五郎」

省五郎「ハッ」
如水「お主が見たこと、言うてみい」
省五郎「大友義統の出陣に際し、鉄砲の数が五百丁に増えております」
　座がどよめく。
利安「分からぬ。一体どういうことだ、何故三百丁の鉄砲が五百丁になるのだ？」
太兵衛「何者かが密かに運び込んだ……」
如水「そのとおり」
利安「誰だ、そやつは？（省五郎を見る）」
省五郎「服部半蔵……家康の忍びにございます」
利安「何と……（絶句）」
　座が水を打ったように静まる。
利安「長政殿が主力を率いて家康に味方しておるというのに何たる仕打ち。本来なら我らに援軍を差し向けても、おかしうないのに……」
如水「理屈は確かにそのとおりじゃが、理屈どおりに行かぬのが、また世の中というやつでな」
太兵衛「家康には、ご隠居がそれだけ煙たいのよ」
利安「おのれ、あの狸め……」

如水「良いか、比度の戦、表面は家康に味方すると称して、まず周辺の黒石を白に変えていく」
——碁盤上の石の配列。
如水「全部白になったら……後は当方が色を変ていく」
全員「……？」
如水「黄色でも青でも何でも良いが……そうじゃの、我が黒田家の藤の紋所にちなんで、紫にしょうか……我らは紫の石になって碁盤の外におるであろう白か黒の石に挑む」
利安「ご隠居！（興奮している）」
如水「……かもしれぬ（ニヤリ）」。

〇露天風呂
湯につかる如水と太兵衛。
後ろの岩陰に省五郎。
如水「我らの課題は二つある」
太兵衛「（頷いて）承知しております。一つは寄せ集めの軍勢を鍛え上げること」
如水、目を細め満足気に太兵衛を見る。
太兵衛「そして、いま一つは大友義統の鉄砲を封じること」

如水「太兵衛……（嬉しそう）」
太兵衛「長年ご一緒しておりますと、段々似て参ります」
如水「ウム、で第一の課題は儂とお主ら重臣の務めじゃ」
太兵衛「ハイ」
如水「後の鉄砲封じは、省五郎……」
省五郎「ハイ」
如水「お主にしか頼めぬ」
省五郎「ハイ、覚悟しておりました」
如水「ただ、条件がある」
省五郎「承知しております」
如水「ム？」
省五郎「人をみだりに殺めぬこと。特に人足共は徴用された百姓故、絶対に手を出さぬこと。要は鉄
砲の機能を封じることにある」
如水「（嬉し気に）こやつ……」
省五郎「太兵衛殿同様、段々似て参ります」
如水、嬉しそうに頭を撫で、そのままザブッと湯にもぐる。

○中間部屋
——翌早朝。
うっすらと朝の光が差し込んでいる。
熟睡している源三郎、龍若等の五人。
突如、ブオーッと響き渡る法螺貝の音。真っ先に跳ね起きる源三郎。
刀を手に身構える。
利助、文吉、龍若が続いて跳び起きる。虎蔵、最後にゴソゴソと身を起こす。
虎蔵「(眠そうに)どうした、どうした、朝っぱらから」
表を走り回る人の足音。
ガラッと表戸が開く。
男の声「出陣じゃ！」
慌ただしく身支度を整える五人。
虎蔵だけもたついている。

○天守閣の前

石垣に沿って張られた黒田家の幔幕。
その前に太兵衛、利安等の重臣が並んでいる。
何十本という幟が風にはためき、槍の穂先が朝日に光っている。
黒田家臣団に囲まれるようにして募兵の群れ。
源三郎の隊五人は、前の方にたむろしている。
肩をいからせ周囲を見回している虎蔵。

虎蔵「フン、どいつもこいつも……大した間抜け面だぜ」
群集のざわめきがある。
石垣の上にも幔幕が張られている。
法螺貝の音と共に、それがサッとまくられる。
床几に腰掛けた完全武装の如水が募兵群を見下ろしている。
村歩きの隠居姿からは想像もつかぬ戦国武将の貫録で周囲を圧倒している。
立ち上がる如水。
募兵群、シンと静まり返って如水を見上げている。

如水「儂が黒田如水である！」
その声を聞いてギクリとする虎蔵。

石垣の上の如水を穴のあくほど見詰めていたが、やがてその素顔を知る。

バツが悪くなり、首をすくめるようにして龍若の陰に隠れる。

如水「この度、不肖如水、思う所あって兵を募った。戦も近い！（一呼吸して）儂は戦に勝ち、お前達にも生き残って欲しい……こう思っておる。その為には、儂の采配どおり動くことが肝要である。儂を信用して、一糸乱れず動けば必ず勝つ！　お主らの命暫くの間、この如水に預けてくれ」

募兵群、静まり返っている。

如水、太兵衛に目配せして腰を降ろす。

太兵衛「今から訓練に出る。各隊毎に落伍者の出ぬよう心して励め！」

○道
募兵が行軍しているが、寄せ集めだけにバラバラの足並みである。

道の脇に寄って見守っている如水と重臣達……何れも騎乗である。

利安「腹に力を入れいっ！　槍はピンと立てるんだっ！」

しかし左程の効果なく苦い表情の利安。源三郎の隊が通りかかる。

それに注目している如水。

槍を肩に担ぎ龍若の蔭に隠れて進む虎蔵。如水の前にさしかかる。

如水「虎の絵！」
ギクリとする虎蔵。
如水「こうして見ると、お主、中々の面構えじゃの」
小さくなる虎蔵。
如水「頼んだぞ！」
虎蔵「（バツが悪そうに）ヘイ」
如水「（頷いて）ウム……（大声で）槍を立てぃっ！」
虎蔵、バネ仕掛けの人形のように、両手で槍を抱える。
つられて周辺も槍を立てる。
それ迄、槍の穂先が不揃いであったのが次第にそろい始める。
利安「そうだ、そうだ、槍を立てぃっ！」
やがて見渡す限り、ピンと槍を立てた行軍となる。
それにつれて足並みも揃ってくる。
如水、満足気に見送っている。

○山道

険しい上り。
屈強の若者四名、如水を輿に乗せて登っていく。
やがて僅かな平坦部に出る。
如水、前の若者の肩を叩き
如水「降ろせ」
若者達、輿を降ろす。
如水、輿を降り登ってくる男達を励ましている。
如水「それもう一息で休憩じゃ、頑張れ！」
源三郎隊の五人、やってくる。
源三郎、汗を流しながらも槍だけはしっかり立てたまま。
利助、龍若、文吉、虎蔵も歯をくいしばって源三郎にならっている。
如水「平山隊、見事である！」
平山隊に続いていた諸隊も、次々に前を通過していく。
如水「ウム、大野隊も見事じゃ！　三宅隊も流石じゃ！」
息を切らしながらも頑張る募兵の群れ。

〇野営地

篝火があちこちに燃えている。

十人単位程の輪が幾つも作られ、火にかけた大鍋から雑炊をついで食べている。平山隊も他の隊と一緒になって食事中。そこへ如水、椀を持ってひょっこり現れる。

源三郎「（吃驚して）これはご隠居」

如水「儂にも一杯くれんかのう」

源三郎「（虎蔵に）おい、ついで差し上げろ」

虎蔵「ヘイ」

如水「虎の絵、お主はもう博打打ちじゃない筈だ」

虎蔵「ヘイ」

如水「だったら、ヘイはやめろ」

虎蔵「……？」

如水「ハイと言え、ハイと」

虎蔵「（神妙に）ハイ」

如水「ウム、それで良い」

他の連中、どっと湧く。

頭を掻いて照れる虎蔵。

如水「（身を乗り出して）ところで……こないだはどうだった？」

虎蔵「（身体を縮めて）聞かねえで下さい、親分……」

如水「親分？」

ハッとする虎蔵。

再び大爆笑が起きる。

如水「ハハハ……笑い過ぎて腹が減った。早うくれい、虎の絵」

虎蔵「大将、その虎の絵だけはやめて下さい。俺にも一応、親が付けてくれた虎蔵という名があるんで……」

如水「成る程、こりゃ儂が悪かった、謝る。（頭を下げる）早うくれ、虎蔵」

虎蔵「ハイ」

これには全員大笑い。

虎蔵、得意顔で雑炊をついで渡す。

× × ×

あちらの輪には母里太兵衛、こちらの輪には栗山利安……と重臣達が、篝火を囲んで雑兵達と酒を酌み交わし、一緒に雑炊をすすっている。

×　×　×

雑炊をする如水。

如水「ウム、これは中々の味じゃ……龍若」
龍若「はい」
如水「お袋の具合はどうじゃ？」
龍若「ハイ、あの薬のお陰で大分ようなりました」
如水「そうか、それは良かった。しっかり孝行に励めよ」
龍若「ハイ」

全員、雑炊をする如水に注目している。

如水「どうした、儂がメシを食うのが、そんなに珍しいか？」
虎蔵「いや、そうじゃねえが……大将が俺達と同じ物を食うなんて信じられん」
如水「メシというのは不思議なものでな……どんな山海の珍味でも、一人で食うと美味くない。儂には大勢でワイワイ言いながら食うメシが一番美味い」
虎蔵「成る程ねえ……おい文吉、お前達の気持ちが段々分かってきたぜ」
文吉「だろう」
如水「何のことだ？」

虎蔵「いえいえ、こっちのことで」
如水「そうか……利助」
利助「ハイ」
如水「明日の野営は山国川の上流になる。その時はおい、得意のこれで魚を頼むぞ（銛を突く真似）」
利助「ハイ」
嬉しそうな表情になる利助。
うらめし気に横目でにらむ虎蔵。
如水、椀に残った雑炊をサラサラと流し込む。

○同
——深夜。

火の周辺で眠りこけている兵士達。

源三郎、文吉、龍若……。

やや離れた所で歩哨に立っている利助。銛を杖代わりに睡魔と戦っているが一瞬まどろむ。

——瞬間。

利助の背中に突きつけられる槍の穂先。ギクリとする利助。
慌てて銛を持ち直そうとするが、尚もくいこんでくる。
どうにもならず、遂に銛を手放して両手を上げる。
――緊迫。
突然、槍の穂先がスッと背中を離れ、影が前へ出る。
虎蔵「交替だ」
――槍を突きつけたのは虎蔵。
思わずカッとなる利助。
虎蔵「そうカッカするな、こないだのお返しだ」
利助、ムッとして引き返す。
虎蔵「でもあれだぜ、もし俺が敵だったら、今頃お前、お陀仏だぜ」

○石垣原
――翌日。
――緑の大平原。
小高い丘の上に騎乗の如水、太兵衛、利安等の重臣達。

眼下を行進する募兵群。

昨日と違い整然とした行軍である。

槍を立て歩調を合わせて歩く源三郎、龍若、虎蔵、利助、文吉……その他。

如水、重臣達の満足気な表情。

如水「これでも烏合の衆かな？（ニヤリと利安を見る）」

利安「いやあ、不思議なもので……」

○山の中
道なき道を風のように走る省五郎と二人の忍者。

やがて樹木の切れた個所に出る。

そこからは山裾を通る街道が見渡せる。省五郎、懐から遠眼鏡を取り出して前方を見る。

省五郎「ム、来た来た……」

二人の忍者、その方向を注視する。

○街道
騎馬武者数名を先頭に進む大友義統軍。義統は彼らに守られるようにして、馬上にある。

鉄砲隊、槍隊、荷駄隊……と続いている。

○山の中
省五郎と二人の忍者。
省五郎「ウーム、意外と多いのう……」

○遠眼鏡の中
道の両脇に控えていた数名の武士、行列の前に飛び出すと、膝まづいて何か必死に訴えている。

鷹揚に頷く義統。

武士達、一礼して行列に加わる。

省五郎の声「大友の浪人だぜ……」

× × ×

行列、動き始める。

焦点を次第に後方へ移していく。

――荷駄隊。

大八車を押す人足の中に、変装した甚内の姿がある。

甚内、頭に被っていた手拭いを外して首に巻く。

省五郎の声「ム？（いぶかる口調）」

前後左右に遠眼鏡を振る。

省五郎の声「こりゃいかん、とんでもない奴が紛れ込んでる」

——甚内のすぐ前に変装した半蔵がいる。その周辺には、配下とおぼしき忍者が数名、鋭く周囲に眼を配っている。

○山の中
省五郎と忍者二人、気配を悟られぬようそっと首をすくめ、潅木の中に姿を消す。

○街道
——進む義統軍。

半蔵、省五郎達の潜む方向に視線をやるが、気づかないまま通り過ぎる。

○山の中

省五郎と忍者二人、潅木の間からそっと首を出す。
省五郎「（呟く）作戦の練り直しだ……」

○山国川
水につかりながら魚を突いている源三郎、龍若、文吉、利助、その他数名。
利助だけは突く度に、銛の先に魚が躍っているが、その他はサッパリ。
突けども突けども収穫なし。
——空振りの連続。
如水、太兵衛、利安等は面白そうにその光景を眺めている。
虎蔵は対岸に座り込み、足軽から借りた鉄砲をいじくっている。
時折、上流方向に照準を定めている。
その様は中々堂に入ったもの。
それに気づいた太兵衛、如水に注意を促す。
太兵衛「ご隠居……」
如水「ほう……見かけによらぬものじゃのう」
後方から聞こえてくる馬蹄の響き。

ハッとして振り返る太兵衛。

思わず身構えて如水を見る。

裸馬が疾走してくる。

無人……と思いきや、横腹にしがみついていた忍者、素早く馬にまたがり、如水達の居る土手に止まる。

サッと飛び降りた忍者、如水の前に膝まずくと何やら報告している。

如水「なに、鉄砲の名人が欲しいじゃと？」

忍者A「ハッ、頭の是非にとの命にございます」

如水「さーて、この中におるかのう？」

ふと、対岸の虎蔵が目に入る。

虎蔵も状況の変化に気づいて、こちらを見ている。

如水「虎蔵、こちらに参れ！（手招きする）」

虎蔵「……？」

鉄砲を脇に置いて立ち上がる。

如水「あ、それも一緒じゃ」

虎蔵、鉄砲を手にする。

○同

――ダーンと銃声一発。

陣笠を被った案山子の胸部に命中し、藁が飛び散る。

かなり離れた所に立つ虎蔵。

感心して見守っている如水、太兵衛達。

如水「ウーム……」

虎蔵「今度は陣笠の端っこ……」

銃を構え、静かに狙いを定める。

――ダーン。

予言どおり、陣笠がグラッと揺れ、その端が銃弾にえぐり取られている。

如水「見事じゃ、虎蔵！」

虎蔵「恐れ入ります」

如水「やはり……ただの博打打ちではなかったのう」

虎蔵、ニヤリ。

思いもよらぬ事態に驚いている源三郎、龍若、文吉、そして利助の顔。

太兵衛「お主、歴戦の強者じゃな」
虎蔵「とんでもねえ、負け戦ばかりで……」
如水「いや、それにしても見事な腕じゃ、虎蔵、お主、省五郎に力を貸してくれ」
虎蔵「ハイ、喜んで」
如水「龍若、お主も頼む」
龍若「ハイ（嬉しそう）」
源三郎「ご隠居」
如水「ム？」
源三郎「虎蔵も龍若も我が組の一員、その二人が命懸けの仕事に取り組むのを、組頭の私が黙って見過ごす訳には参りません」
文吉「私もお願いします」
利助「文吉が行くなら……私も」
源三郎以下、全員が立ち上がる。
如水「さーて、困ったのう……（暫く考えていたが）よし、分かった。お主らの気持ち、有り難くいただこう。ここは太兵衛を総大将にして、大友勢の鉄砲封じじゃ。頼むぞ太兵衛」
太兵衛「分かりました。源三郎、行くぞ！」

源三郎「ハッ！」

〇山道
忍者Aの案内で馬をとばす太兵衛、源三郎、虎蔵、龍若、文吉、利助。

〇林の中
——深夜。
小さな村落を見下ろす林の中。
太兵衛達が省五郎の説明を聞いている。
省五郎「五百丁の鉄砲は村長の家に運び込みましたが、火薬は外に積んであります」

〇村落
村外れの空き地に火薬箱を積んだ大八車が数台置いてあり、三名の兵士が見張りに立っている。

〇元の林の中

太兵衛「鉄砲を奪い取るよりも……火薬だな」
　黙って頷く省五郎。
太兵衛「虎蔵」
虎蔵「ハイ」
太兵衛「どうじゃ？」
虎蔵「（自信満々に）一発で……」
太兵衛「よし、爆発したら直ちにこの山を越えて逃げる。省五郎、馬の用意はぬかりないな？」
省五郎「大丈夫です」
太兵衛「恐らく追っ手がかかるであろうが……それを追い払うのが我らの務め、良いな」
　皆を見回す。
　全員、決意を込めて頷く。
　蔵、鉄砲に弾を込めて静かに狙いをつける。
　息を呑んで見守る太兵衛達。
　――ダーン！
太兵衛「よし」
　銃声が響く

○村落

——火薬箱に命中。

大八車は吹っ飛び大爆発が起こる。

辺り一面を揺るがす轟音。

——閃光。

○家の中（1）

熟睡していた義統、ギョッとして上半身を起こす。

○家の中（2）

跳び起きる半蔵と配下の忍者達。

半蔵「しまった！」

おっとり刀で表へ飛び出し二手に別れる。半蔵、山手へ走る二人に指示する。

半蔵「一人を生け捕りにせいっ！」

○林の中
太兵衛達の一団、急いで斜面を這い上がっていく。
遠くから「いたぞ！」「林の中だ！」という声が聞こえてくる。

○街道（1）
馬で逃げる虎蔵、省五郎達。
最後尾を走るのは太兵衛と源三郎。
チラリと振り返ると、十名程の追っ手。
太兵衛「源三郎、ここは二人で防ぐぞ！」
太兵衛と源三郎、馬を飛び降りる。

×　×　×

追っ手が迫ってくる。
突然、目の前に松明が飛んで来て、馬が棒立ちになる。
槍をかいこんだ太兵衛と源三郎、集団の中に飛び込んでいく。
太兵衛「殺すなよ！」
源三郎「承知！」

二人は見事な槍捌きで、次々に敵の膝か肩を砕いていく。

忽ち、十名の負傷者が地面に転がり、唸っている。

太兵衛「中々やるのう、ご隠居の言うとおりじゃ」

源三郎「（太兵衛の槍を見て）これが福島公から飲み取った日本号でございますか……」

槍に見とれている。

〇街道（2）

省五郎の配下二人と、文吉の馬が通り過ぎる。

やや離れて省五郎、虎蔵、龍若、利助と続く。

省五郎「（後を振り返って）二人で食い止めてくれた様子、流石じゃのう」

ホッとして速度を落とす。

木の枝が大きく迫り出した個所にかかる。その枝にやもりの如くへばりついている半蔵配下の忍者二人。

気の緩みからか……省五郎もそれに気づかない。

突然、正に突然、龍若と虎蔵の姿が馬上から消える。

気がついた省五郎と利助が地上を見ると二組の取っ組み合いが展開されている。一旦は組み敷かれた龍若、怪力にもの言わせて逆転すると相手の腕を捻じあげる。ー鈍い骨折の音。

悲鳴をあげて転げ回る忍者。

×　×　×

一方、虎蔵は組んずほぐれつの大乱闘。力負けして遂に組み敷かれた瞬間、上になった忍者がギャッと叫んで転倒する。その肩に利助の銛が突き刺さっている。立ち上がった虎蔵、埃を払いながら

虎蔵「（利助に）礼を言うぜ……」
利助「手元が狂っただけだ」
虎蔵「こいつ……」

○街道（2）

追いついた半蔵とその配下。

肩か膝を打ち砕かれ、唸ったり転げ回っている追っ手の男達を見て、呆然と立ちすくむ。

半蔵「なんと……」

前方から傷ついた自分の配下二人がフラフラと戻ってくる。

それを見て更に愕然とする。

半蔵「おのれ、如水め……」
両目が充血し、今にも飛び出さんばかりの凄まじい形相で彼方を睨んでいる。

○如水の戦闘
馬上の如水と重臣達、整然と並んでいる。ー緊張と静寂。
如水、右手に持った采配を高く揚げて、サッと振り下ろす。
——鉄砲隊の一斉射撃。
耳をつんざくばかりの轟音。
虎蔵、文吉の顔がある。

×　×　×

霧の中に浮かびあがる大勢の黒い影。
ダダダッ……大地を揺るがす馬蹄の響き。騎馬武者が次々に駈け抜けていく。

×　×　×

喚声をあげて突撃する兵士の群れ。
その中には源三郎、龍若、利助の顔が見られる。
それらが互いにオーバーラップして……。

×　×　×

——碁盤の上。

如水の手が伸びて、中央の白石を取り囲んでいた黒石を一つ、二つ……と白石に置き換えていく。

○家康の本陣
半蔵からの手紙を読む家康。
脇に控えている忠勝と数名の重臣。
家康「あの坊主頭め……流石やりおるわい、予想より遥かに早く周辺を平らげてしもうた。徳川に味方すると称してな……（苦い顔）」
読み終わった手紙を忠勝に渡す。
家康「おまけに大友義統の火薬を吹っ飛ばして鉄砲を封じてしまうとは……これで義統の勝ち目はなくなった」
忠勝「まさか半蔵のことを？」
家康「気づいておるかもしれぬ」
心配気に顔見合わせる重臣達。

家康、暫く考えていたが

家康「忠勝」

忠勝「ハイ」

家康「儂は……最近、いやな夢を見る」

忠勝「……？」

家康「それはのう、儂と三成が一騎打ちをしておる夢じゃ」

眼を宙の一点に据えて話し始める。

忠勝と他の重臣達、家康のただならぬ様子にシンとなって聞き入っている。

家康「それは死闘じゃ……凄まじい死闘じゃ。儂も三成も髪振り乱し、傷だらけ泥だらけになって上になり下になり……それでも儂が漸く組み敷いて三成の首を上げたわ」

何となくホッとした感じの重臣達。

家康「息は切れ、喉は渇き……そのまま大の字になって寝たい心境じゃったが、そうもいかぬ。疲労困憊して、やっと立ち上がった儂の前に横合いから黒い影がスッと現れると、儂を一突きじゃ……ひとたまりもないとは正にこのこと、軽く二、三間は吹っ飛んだわ。泥の中を仰向けになってのう……」

忠勝「……（顔を曇らせる）」

家康「（構わずに続ける）黒い影はアッという間に儂の上に乗って首を掻こうとする。儂とて必死よ、懸命にもがきながら相手の顔を見ると……あの坊主頭じゃ。あの如水が儂の首を取ろうとしておるのじゃ」

全員、声なし。

家康「（重臣達を見回して）よいか、比度の三成との戦い、絶対に長引かせてはならぬ。もし、いたずらに長引いたら儂の夢が正夢になってしまう。どんな手を使ってでも、短期決戦に持ち込むのじゃ。そうせぬと……三成より手強い相手が襲いかかってくるぞ」

重臣達、息を呑んで聞いている。

――重苦しい沈黙。

廊下に慌ただしい足音が響く。

重臣達、何か救われたような表情になってその方を見る。

一人の幌武者が入り口に膝まずく。

幌武者「申し上げます。石田三成の軍勢、美濃・関ヶ原付近に集結しております！」

忠勝「よーし、遂に来たか！」

重臣達元気を取り戻し一斉に立ち上がる。最後にゆっくりと立ち上がる家康。

家康「先刻の話、夢々忘れるなよ」

○関ヶ原・家康の本陣
床几に腰を降ろした家康のアップ。
飛び込んで来た伝令の報告に、満足気に頷いている。
――余裕の表情。

○同・三成の本陣
苛々と歩き回り、焦っている三成。

○関ヶ原の戦い
入り乱れて戦う東西両軍の兵士達。

タイトル流れる。
「慶長五年九月十五日、関ヶ原の戦。
徳川家康は小早川秀秋を強引に寝返らせ石田三成をやぶった。
奇しくも同月同日、豊後・石垣原に於いて黒田如水は大友義統と対決していた」

○如水の本陣
――石垣原。
タイトル「豊後・石垣原」
如水の輿を守る源三郎、龍若、文吉、利助、虎蔵の平山隊。
省五郎、甚内とその配下。
その後に控える太兵衛、利安等の重臣達。彼方を見て満足気な如水の表情。
如水「おお、あちらでも押しまくっておる……太兵衛」
身を乗り出す太兵衛。
如水「敵に鉄砲が無いと戦もやり易いのう」
太兵衛「いかにも……ご隠居」
如水「ム？」
太兵衛「物足りぬようでしたら……敵に火薬を貸しますか？」
如水「こやつ……（苦笑）」

○岩陰

岩陰に潜んで戦況を見守っている半蔵とその配下四名。
半蔵「クソッ、これでは戦にならぬ！」
悔しそうに唇を噛む。
半蔵「（四人を見回して）こうなったら手筈どおりやるぞ……」
三人の忍者、軽く頷くとサッと岩陰を飛び出し、山手へ走っていく。
残った一名とそれを見送り、再び前方に目をやる半蔵。

○如水の本陣
後方で突然バンバンと炸裂音が続く。
ハッとして振り返る太兵衛と家臣達。
如水一人、表情も変えず前方を見詰めたまま。

× × ×

太兵衛の目に炸裂弾を投げながら、裏山を駈け下ってくる三人の忍者が映る。
太兵衛「源三郎、ここは頼むぞ！」
源三郎「ハイッ！」
太兵衛「省五郎、来いっ！」

槍を握った太兵衛と利安達、裏山へ走る。それに続く省五郎とその配下。
黒田勢、次第に三人の忍者を包み込んでいく。

×　×　×

後に残ったのは輿に乗った如水。
その前に槍を持った源三郎と銛を持った利助。
如水の左側に鉄棒を持った龍若。
右側には鉄砲を持った虎蔵と文吉。
源三郎達は後方が気になって仕方ない。
如水「前だ、前を見ておれっ！」
厳しく叱責された五人の男、それぞれの得物を持ち直して前方を注視する。
霧が出てくる。
如水「ム？（周囲に目を配って）油断するな」
身構える五人の男。

○草原
霧の中を走る半蔵ともう一人の忍者。

目を前方に見据えたまま音も立てずに走り続ける。
如水の声「服部半蔵、そこで止まれっ！」
半蔵の足は止まらない。
如水の声「止まれっ、止まらんと撃つぞ！」
如水の注告を無視して抜刀する半蔵。
——ダーン。
半蔵の足元の土がはねる。
一瞬、立ち止まるが再び走り出す。

○如水の本陣
撃ち終わった虎蔵、銃を手放す。
次の銃を素早く渡す文吉。
構える虎蔵。
文吉は地面に落ちた銃を拾い、急いで弾を込める。

○如水の本陣前

走る半蔵。

――ダーンと銃声が響く。

半蔵が右手に持っていた刀が真っ二つに折れて吹っ飛ぶ。

流石の半蔵にも恐怖感が走り、思わず足を止める。

――霧が晴れてくる。

半蔵の目の前に、如水とその周囲を守る五人の男の姿が現れる。

槍を構える源三郎、銛を構える利助、鉄棒を構える龍若、銃を構える虎蔵、次の銃に弾込めして待つ文吉。

如水「半蔵、もう諦めいっ！」

半蔵「……」

如水「家康の影と言われるお主のこと、今の状況が分からぬ筈はあるまい」

半蔵「……」

如水「一歩でも動けば、命はない」

半蔵「もとより死は覚悟のうえ」

如水「たわけ！」

吃驚する半蔵。

如水「もっともらしいことを言うて命を粗末にするでない。良いか、半蔵、儂の言うこと、心静かにして聞けよ」

以下、如水の心を込めた説得が始まる。

如水「お主、何故、この戦場におる？」
半蔵「……」
如水「この戦は、儂と大友義統の戦。義統は三成の命を受け儂を倒す為に南下した。あわよくば、大友宗麟の昔に戻れるかもしれんからのう……。ここ迄は誰にでも分かる。ややこしいのは、それから先じゃ。三成の命を受けた義統を、何故家康が助けねばならぬ？　大坂では家康と三成が対決しておるのじゃぞ。どう考えても理に合わぬではないか？」
半蔵「……」
如水「ここで、もしお主が討ち死にしたら……それこそ犬死になるぞ」
半蔵「……？」
如水「そうではないか、三成の息のかかった軍勢を家康の兵が助ける筈がない。儂が何と言うても、家康は知らぬ存ぜぬ、この首は服部半蔵ではない、半蔵によく似た敵方の名もなき雑兵の首にござろう……こう言うに決まっておる。そうであろう？」
半蔵「……（愕然とする）」

如水「お主ほどの男にそんな最期を与える訳にはいかぬ。よいか、半蔵、どうせ死ぬなら訳の分からぬ死に方はするな。この戦場は儂の家臣ならともかく、家康の家臣が命を賭ける場所ではない。服部半蔵の名を惜しめ」

凛と響く如水の声に、虚脱状態の半蔵。茫然と突っ立って如水を見詰めている。その両眼からは殺気が消え、表情が穏やかになっている。

如水「（大声で）半蔵！」
半蔵「……（ギクリ）」
如水「こうして見るとお主、中々良い目をしておるのう。澄みとおった良い目じゃ」

眩しそうに如水を見る半蔵。

如水「この五人も、お主と変わらぬくらい良い目をしておる」

源三郎、利助、龍若、虎蔵、文吉の緊張した表情。

如水「この者達はのう、何れも浪人、百姓、町人の出……皆、儂を信じてこの戦に臨んでおる。それだけに、儂もその信頼を裏切る訳にはいかぬ。そうであろう？」
半蔵「……？」
如水「もし、お主がこの者達に手を出せば、儂は絶対に家康を許す訳にはいかぬ。何としてもあの白髪頭を取りにいく」

半蔵「……」

如水「これは法螺でも何でもない。十分な勝算があって言うておる」

半蔵「……（納得の表情）」

半蔵、折れた刀を鞘に収めると、もう一人の忍者を促して戻り始める。

如水の声「半蔵、忘れ物じゃ！」

半蔵が振り返ると、いつの間にか太兵衛、利安、省五郎等が裏山から戻っており、半蔵が囮に使った三名の忍者を生け捕りにしている。

太兵衛、人質を縛っていた縄を切ってやり、「行け」と目で合図。

三人の忍者、信じられぬような表情。

再度、目で促す太兵衛。

深く頭を下げ、半蔵の後を追う三人。

半蔵もつい目顔で礼を言ってしまう。

○草原
悄然と引き返していく半蔵達五人。

彼方から遠雷のように「エイ、エイ、オーッ！」と勝鬨が聞こえてくる。

足を止め振り返る半蔵。

○如水の本陣

如水、太兵衛を中心に、戦場から戻って来た大勢の兵士が輪を作っている。

太兵衛「それっ、もう一度！（槍を天に突き上げながら）エイ、エイ、オーッ！」

全員「エイ、エイ、オーッ！」

源三郎、龍若、文吉も大口を開けて腹の底から叫んでいる。

虎蔵と利助、顔を見合わせて互いに頷き合う。

満足気に何度も頷いていている如水。

○元の草原

半蔵と四人の忍者、立ち止まって如水の本陣の方を見ている。

風に乗って聞こえてくる勝鬨の声。

半蔵「完敗だな……」

四人、声なし。

――風の音。

半蔵「まともに戦えば、家康公が負けるやもしれぬ……」

忍者甲「では、あの男が最後に言うたこと、本当でしょうか？」

半蔵「ム？」

忍者甲「徳川と戦うても、十分な勝算があるとか……」

半蔵「（頷いて）ああ、あれは本当じゃ。あの男なら、恐らく秀頼殿を担ぎ出す。三成には出来なかったが、あの男ならやりかねん。そうなれば、いくら家康公とて……」

四人、声なく茫然。

半蔵一行、歩き始める。

草原には敗れた大友軍の死傷者、折れた旗指し物、武器等が散乱している。

――颪にはためく旗の音。

――負傷者の呻き声。

――五人の後ろ姿。

それに碁盤の盤面がラップする。

中央の白石群の上方にあった三つの黒石が白石に変わり、盤上全てが白石となる。

○中津城・大手門

騎馬武者一騎、勢い良く駈け抜けていく。吃驚して見送っている門番の二人。

〇同・大広間

手紙を読む如水。

その前に太兵衛と利安。

途中、クスリと笑う如水。

太兵衛・利安「……？」

如水「太兵衛、全て終わったぞ……」

太兵衛「……？」

如水「三成は美濃・関ヶ原で僅か半日で壊滅した。家康は全くの無傷で残った……これでは、我らが紫の石になって家康の白石と戦っても、盤面は大荒れになるじゃろう。結局は不本意ながら、街を焼き、田畑を荒らし、百姓・町人を泣かせることにしかならぬ。そんなことをするくらいなら、白石のままで終わった方が天下万民の為じゃ」

太兵衛「ご隠居……」

如水「もう良い、何も言うな」

ゆっくりと立ち上がって縁側に向かう。

○中津城下

人通りが多い。

その中を杖をついた如水が行く。

ヒョコ、ヒョコと不自由な足を引きずりながら如水が行く。

後に従う太兵衛と源三郎。

三人とも軽装である。

行き交う人々が一礼していく。

如水、その度に嬉しそうに挨拶を返している。

もう合戦の時の凄みは消え、人の良さそうな以前の笑顔が戻っている。

○同・畑

文吉と女房のかつが畑を耕している。

畦道を通る如水に気づき、二人は手を休めて挨拶する。

にっこりと頷き返す如水。

籠に入れられた赤子がスヤスヤと眠っている。

如水「おお、よう眠っておるわ。暫く見ぬ内にまた大きうなったのう」
かつ「はい、乳をよう飲みます」
如水「そうかそうか、大きうなったらきっと文吉以上の働き者になるじゃろうて」
　嬉しそうな文吉とかつ。

○同・別の畑
　龍若と母親りうが農作業に励んでいる。やってくる如水一行に気づき挨拶する。
如水「（りうに）もう身体は良いのか？」
りう「はい、お蔭様で元通り働けるようになりました」
如水「そうかそうか……それは良かった。とすると……今度はあれじゃな、龍若の嫁を捜さんといかんな」
龍若「ご隠居……（照れて赤くなる）」
如水「ハハハ……大きいなりして照れるとは、以外と可愛い所もあるもんじゃ。よし、龍若の嫁捜し、この如水が一役買おう」
りう「（吃驚して）ご隠居様……」

○中津の浜

小舟を押して出漁寸前の利助と虎蔵。

松林を抜けてやってきた如水一行に気づいて一礼する。

頷き返す如水。

如水「仲良うやっておるか?」

利助「ハイ」

虎蔵「仲良うやっております」

利助と虎蔵、小舟に乗って沖へ漕ぎ出していく。

見送る如水一行。

○丘の上

――海辺を見下ろす小高い丘の上。

騎乗の半蔵と配下の忍者四名、浜の方を凝視している。

半蔵「あの男の天下取りの野心が、もう少し強ければ今頃家康公と雌雄を決しておるに相違ない。そうならなんだは……あの優しさのお陰じゃ」

配下の四名、同感の意を示す。

半蔵「行くぞ！」

馬腹を蹴る半蔵、続く四人の男。

○元の浜辺

遠ざかる小舟を見送っている如水一行。

如水「これで良い、これで良い……」

そう呟きながら、いつ迄も小舟を見送っている。

朝日に輝く海面をバックにゆっくりとタイトル流れる。

「この後、徳川家康は中津藩主・黒田長政を関ヶ原の功によって、筑前五十二万石へ加増転封した。

しかし如水の行動に対しては『得体が知れぬ』として無視したのである」

——エンドマーク。

【あとがき】

この作品は平成四年、㈱東宝映画が実施した映画シナリオ一般公募に応募したものです。大賞該当作品無し……の発表があってひと月余、概略次のような手紙を添えて原稿が返送されてきました。

「貴作は一言で大変面白く読了後、悩んでしまいました。と申しますのは今回の賞の性格上、シナリオとしての完成度よりも個性ある斬新なアイデアの作品が最終的に選ばれていくだろうと予測しておりましたので、貴作は最終選考ではどうしても選外となると考えたのです。そこで一次審査で外させていただきましたので、どうぞ他のコンテストにご活用下さい。個人的にはＮＨＫの大河でこの本をやってくれれば絶対に見ます。私のパートナーが二十代の女性で彼女も私同様、貴作を絶賛していたことを申し添えておきます」

その後、日の目を見ることなく今日に至りましたが、今回「九州文学」誌上に発表の場を与えられたことを深く感謝すると共に喜んでいる次第です。

謀　殺

（二）

黒田官兵衛が豊前六郡十八万石の国主に任ぜられた時、殆どの者は意外に思った。

——功績の割りには少禄にすぎる。

そう感じたのである。

秀吉がまだ羽柴筑前守と名乗っていた頃からその側に付き従い軍師として大軍を自在に操ってきた。しかもただ戦うだけでなく調略によって相手を降伏させる交渉術にも長けており、秀吉に天下を取らせた最大の功労者なのだ。

それが十八万石とは少ないではないか。

小早川隆景が筑前五十万三千石、佐々成政が肥後四十五万石を与えられているのに何故黒田がその半分にも満たないのか。

というのが周辺の素朴な疑問であった。

外から見てもそう感じるのだから黒田家内部では尚更だった。

「殿の働きをもってすれば少なくとも五十万石はあって然るべきではないか」

「左様、それも黒田発生の地備前か現在の領地播磨にすべきである。遥か九州の豊前などもってのほか」

「仮に豊前を呑んだとしても何故豊前一国をもらえぬのだ。何故豊前八郡のうち六郡なのだ」

後藤又兵衛、母里太兵衛、井上九郎右衛門といった荒武者が嫡男長政を焚きつけ、四人揃って官兵衛の宿舎にやってきたのは天正十五年七月上旬のことだった。

吹く風には既に初秋の気配が感じられたが四人の表情はまだ夏の盛りのように熱かった。見ただけで不満と憤りが渦巻いている。

「この地は気候温暖で思いのほか良き所かも知れんぞ」

官兵衛は四人の気勢をかわすようにニコニコと穏やかな笑顔で迎え入れ奥の座敷に通した。

長政と主だった武将は豊前入国と同時に京都《みやこ》郡の馬ヶ岳城に入ったが何分古い山城のため狭くとても全員を収容しきれない。

そこで官兵衛は栗山利安の手勢を率いて築城《ついき》郡八田村にある法然寺に入ったのである。栗山利安は知勇ともに優れ官兵衛が最も信頼している武人である。

今から九年前、官兵衛は織田信長に背いた有岡城の荒木村重を説得に行って捉えられ城内の牢に幽閉された。

日当たりが悪くジメジメした湿気の多い牢獄の中に一年近く放置された結果、官兵衛の右膝は曲がらなくなり頭には瘡が残った。

この受難の時、必死になって主君の行方を探し回り牢番を上手く手なずけて会いに来てくれたのが利安であった。

有岡城が落ちた時、官兵衛は利安に負われて脱出した。あの時の逞しい背中の感触を今でもはっきり覚えている。

決して大柄ではないが両肩から背中にかけて鍛え抜かれた筋肉が盛り上がっており何とも逞しく感じたものだ。

余談ながらこの利安の長男が後年「黒田騒動」で名を知られた栗山大膳である。

「十八万石が多いか少ないか……それは見方によって異なる。儂は今まで播磨の国で三万石を食んでおった。ところが此度は豊前六郡十八万石、実に六倍の領地をもらったことになる。六倍だぞ、六倍」

官兵衛は法然寺の奥の座敷で四人の男と対面し十八万石が決して少禄ではないと説いていた。

「それに最初は十八万石であっても領民と力を合わせて開発していけば必ず二十万石にも三十万石にもなる。それで良いではないか」

「されど父上、何故豊前北部の企救郡、田河郡が外されたのでしょう?」

長政が痛い所を突いてきた。

豊前国は企救《きく》・田河二郡の他に京都・築城・上毛《こうげ》・下毛《しもげ》・中津・宇佐の六郡があり官兵衛はこの六郡を与えられた。

企救・田河二郡六万石は毛利勝信の領地となったのである。

「企救郡には大里と小倉に良き港があります。何故これが外されたのか長政には合点がいきませぬ」

この点に関しては官兵衛も同じ思いなのだが、ここは安易に同調する訳にはいかなかった。官兵衛が同じことを口にしたら黒田家全体に不満感が広がってしまう。

「港とて田畑と同じよ。我が領地の東側は海に近く京都郡の簑島《みのしま》、沓尾《くつお》。それに中津郡の中津など手を加えれば必ず良き港になる」

官兵衛は自分に言い聞かせるような口調でこう言ったが、四人の男達は別の驚きを持ってその言葉を聞いた。

今まで耳にしたことのない地名が幾つも出て来たからだ。

（既に領内を見回っておられたのか……不満を押し殺して現状を受け止められるとは、流石じゃ）

四人とも心の中で舌を巻いていた。

官兵衛が山手にある馬ヶ岳城に入らずこの法然寺を選んだのは馬ヶ岳城がただ手狭というだけではなかった。

こちらの方が海に近いからである。

官兵衛は馬杉省五郎を頭とする甲賀忍者集団を情報源として活用しており今は彼らを二個所に重点配置している。

その一つが大坂城である。

省五郎には秀吉とその周辺の動きを探るよう命じている。

何か動きがあれば省五郎配下の忍びが大坂城を出て瀬戸内海に入り更に周防灘を渡って築城の浜に辿り着く早船の経路が確立されていたのだ。

三日前、その経路を通って省五郎が法然寺に顔を出した。

忍びの頭が自ら報告に来るとは余程のことに違いない……そう思った官兵衛は利安と一緒に話を聞いた。

案の定、それは聞き捨てならぬ内容だった。十日程前、秀吉はお伽衆を相手に酒宴を開いた。その席には石田三成が同席していたという。

酔いがまわって座が盛り上がった頃、秀吉は座興じゃ……と前置きしながらもとんでもない話題を持ち出した。

「もし儂が死んで再び戦国乱世の世に戻ったとしたら誰が天下を取ると思う?」

その場に居合わせたお伽衆は何とも答えにくい問いかけに困惑の表情を浮かべたが秀吉はお構いなしに返事を求めた。

困ったお伽衆は仕方なしに徳川家康と前田利家の名前を上げたが秀吉はそれを軽く一蹴した。

「どちらも違う。儂以外で天下を取れるのは黒田官兵衛しか居らぬ」

これには皆驚いたが中の一人が恐る恐る尋ねた。

「黒田様といえば功績の割りには石高が少ないうえ何故遠方の豊前を与えられたのか……世間はみな不思議がっております」

「天下を取れる男だからこそああしたのよ。もし官兵衛に大坂付近で大国を与えてみよ、儂は枕を高うして寝られぬわい、のう三成」

こう言った秀吉は奇声を発して大笑しすぐに女の話題に切り換えたという。

「そうか……いやご苦労だった。これは皆で分けてくれ」

苦笑まじりにそう言いながら官兵衛は銀貨の詰まったズシリと重い革袋を省五郎の前に置いたのである。


日頃は吝嗇と言われる程の倹約家だが部下の苦労に対しては出費を惜しまなかった。

特に我が身を危険にさらしながら貴重な情報を運んで来る忍びへの配慮はかなりのものであった。

官兵衛がこの話を長政はじめ四人の男達に披露すると流石に皆複雑な表情を浮かべた。

「殿の力量を認めておればこそ程々の石高に抑えて遠隔の地を与えたということか……」

母里太兵衛が溜め息まじりに吐き出した。

「いや、認めるというより殿を恐れておるのよ、太閤は」

後藤又兵衛が声を荒げてこう続けると井上九郎右衛門も同感だと言わんばかりに大きく頷いた。

「何れにしても軽々に動かぬ方が良いということよ」

官兵衛が不自由な右膝をいたわるように撫でていると廊下に足音が響き栗山利安が顔を出した。

「どうであった？」

「はい、やはり殿のご推察どおりにございます」

「そうか、いや丁度良い具合に顔触れが揃うておる。儂も一緒に聞こう」

座敷に入った利安が庭を背にして座ったので四人の男達はクルリと向きを変え利安と向かい合う形になった。

自然、官兵衛が最後尾である。

「つい先刻、福森甚内が参りましたので宇都宮の動きを聞いておりました」

利安の言葉使いは丁寧であくまでも主君官兵衛に報告する口調である。

「ウム、ご苦労。で甚内にも渡したであろうな？」

「ハイ、そこは抜かりなく」

省五郎にも渡した銀貨入りの革袋のことである。

福森甚内というのは省五郎の片腕とも言える忍びで、城井谷《きいだに》一帯で宇都宮一族の様子を探っている。

つまり官兵衛が忍びを重点配置しているのが大坂城と城井谷。

大坂城の頭が馬杉省五郎、城井谷の頭が福森甚内なのである。

「甚内の話によれば宇都宮鎮房《しげふさ》は太閤の朱印状を返上したそうにございます。殿がもしかしたらと言われていたことが、現実のことになってしまいました」

宇都宮氏は源頼朝が鎌倉に幕府を開いた際、地頭職として豊前に入り初代宇都宮信房以来四百年に亙ってこの地に根を張ってきた名家である。

現当主鎮房はその十八代目にあたる。

秀吉が九州を平定した後の論功行賞で鎮房は伊予今治十二万石を与えられたのに、それを返上したと言うのである。

新しい勢力が新たに与えられた領地に入る場合、その地の旧勢力がどう動くかによって運命が大きく左右される。

黒田氏の場合、宇佐郡時枝城の時枝平太夫、同郡宇佐宮の神官・宮成吉右衛門、上毛郡広津城の広津治部大輔が入国後すぐに味方となり協力を申し出た。

しかし最大の勢力である宇都宮氏とその一族は不気味な沈黙を守ったままである。

一向に今治へ向けて動き出す気配を見せないのだ。

「鎮房め、もしかしたら太閤の命に逆らうつもりか……」

本人に会ったことはないが一筋縄ではいかない男のようだ。

官兵衛は今年の春に起こった或る事件のことを想い出した。

この年三月、秀吉は十六万の大軍を率いて九州に渡り島津制圧に向かった。

薩摩から急速に北上する島津勢に追い詰められ窮地に陥った豊後国主・大友宗麟の要請を受け入れた形になっていたが、全国統一を目指す秀吉にとっては正に「渡りに舟」の支援要請だった。

十六万の大軍を見て震え上がった地方豪族の大半は秀吉軍になびいたのだが、筑前秋月を本拠とする秋月種実《たねざね》だけは従来どおり島津方に付き秀吉に抵抗した。

官兵衛は秀吉軍の本陣に腰を据えて軍事作戦を練る一方、次々に協力を申し出てくる豪族に面会していた。

筑前の原田、麻生、宗像、山鹿。

豊前では門司、長野、山田、仲八屋、広津、宮成。

彼らをまず秀吉に引き合わせ、その後協力の証しとして島津・秋月攻撃軍に加えたうえで積極的に働くことを誓約させる。

官兵衛は彼らを蒲生氏郷と前田利長に預け田河郡の岩石城《がんしやく》攻城戦に参加させた。

岩石城は秋月氏の支城で城代熊井久重と秋月本家からの援将芥田悪六兵衛が守っている。天正十五年四月一日、五千の兵を率いた羽柴秀勝を総大将に大手側から蒲生氏郷勢二千、搦手側から前田利長勢三千が迫って激戦が展開された。

秋月勢は最初のうちこそ善戦したが次第に圧倒的な兵力差に押され、夕刻には守将二名が討ち死にして落城した。

——翌々日。

秀吉の本陣に五百の兵を率いた若武者が顔を出した。

痩身ではあるが上品なよく整った目鼻立ちをしており育ちの良さを思わせる風貌である。

「豊前築城郡城井谷の宇都宮朝房《ともふさ》にございます。父鎮房が急な病で臥せっております故、名代で参陣致しました。何とぞ秀吉公の陣営にお加えいただきとう存じます」

若武者はこう名乗った。

いつものとおりに面会した官兵衛は心中躊躇《ためら》いを覚えつつ秀吉に取り次ぐと予想どおり秀吉は会わぬと言う。

「今となっては遅すぎる。他の者共は儂が小倉に入った直後に続々と我が陣営を訪れ協力を申し出た。なのにその宇都宮とやらは今迄一体何をしておったのだ。島津に付いた秋月勢の岩石城が落ちてから漸くの参陣ではないか。今迄様子見をしておったに違いない。今更味方すると言われても軽々には信用出来ぬ。宇都宮の扱いは官兵衛に任せる故、よう見ておけ」

官兵衛が躊躇いを覚えたのは正にこの点であった。参陣の時期が遅れたのに加えていま一つ、鎮房本人が顔を出さず長男を名代に出したことも拙い……と思った。

朝房もその辺の事情を理解していたのだろう、よく働いた。

岩石城を落とした後、秀吉軍は島津勢を追って南下を続け四月十六日に隈本、同月二十七日に出水、五月三日には川内を占領して島津を圧倒、遂に同月八日島津義久が剃髪、降伏したのである。

朝房はこの間官兵衛に従い一糸乱れぬ行動で忠勤を励んだ。

このことを秀吉に報告していたこともあってか、その後の論功行賞で伊予今治十二万石が内示され朱印状が出されたのである。

筑前の原田、麻生が新国主となった小早川隆景の家臣となり秋月種実が日向財部三万石へ移封されたのに比べれば転封を伴うとはいえ破格の扱いであった。

倍以上の加増なのである。

「朝房殿、まずは重畳。ご苦労であった」

「これも黒田様の御推挙があったからこそでございます」

深々と頭を下げ爽やかな笑顔を残して城井谷へ帰っていった朝房だったが、その後宇都宮の動きがピタリと止まったのである。

甚内からの報告で当主鎮房が猛反発しているとの情報は得ていたが、とうとう朱印状を返上したという。

一体城井谷で何が起こっているのか……官兵衛の頭は目まぐるしく回転し始めた。

「善助、お主ならどうする?」

長政一行が馬ヶ岳城へ引き上げた後、官兵衛は利安にこう問いかけた。

善助というのは利安の幼名である。

二人だけの時はこう呼んでいろいろ知恵を出し合うのである。

「一つの国に新旧領主が併存したのではどうにもなりませぬ」

「そのとおりよ」

「宇都宮を無理なくひきはがす策があれば良いのですが……」

「ウフッ、儂も同じことを考えておった。善助、お主済まぬがひとつ筑前名島城まで使いしてくれぬか?」

名島城は小早川隆景の居城である。

五年前、備中高松城を水攻めした際には毛利方の軍師として敵対した武将だが、毛利が秀吉方に付いてからは京都で親交を深め今では互いの知略を認め合う仲になっている。

官兵衛は利安を手招きすると顔が触れ合わんばかりに近づけ声を潜めて何事かを語り始めた。

時折、身振り手振りを交え利安の方も真剣な眼差しで頷き返している。

法然寺の周辺には既に薄闇が迫っていた。

（二）

城井谷は険しい山岳地帯にある奥深い地域で谷の最深部にあたる越先山《えっさきやま》に大平城がある。城の背後には修験の山、求菩提山《くぼてさん》がそびえており周辺は荘厳な空気に包まれていた。

宇都宮一族は戦時にはこの大平城に籠もって戦うのだが、ここに来る迄には起伏の激しい山道が続き馬の背と呼ばれる尾根道も越えねばならない。

地形的には正に難攻不落とも言える場所であった。

ただ平時は越先山の麓にある溝口館で暮らしている。

館の前には城井川の渓流が流れており、これが飲み水だけでなく濠の役割をも果たしていた。

館の中の大広間に三人の男が顔を揃えていた。十八代目の当主鎮房が父長房と嫡男朝房を呼び出したのである。

鎮房は六尺豊かな巨漢で胸から肩にかけ分厚い筋肉が盛り上がっており、とても五十四才とは思えぬ体つきである。

それに比べ長房と朝房は痩身であった。

三人で酒席を共にしているのだが酒の進み具合は全く違う。

痩身の二人が盃をなめるようにしているのに比べ鎮房は太い腕で何度も盃を運んでいる。長房と朝房は酒よりもどうやら鎮房の機嫌を気にしている様子で、時折鎮房の方にチラチラ目をやっている。

やがて長房が意を決したように口を開いた。

「鎮房、お主何故朱印状を返したのだ？」

この問いかけに対し鎮房は（これは意外なことを……）とでも言いたげな表情を浮かべた。

「父上は秀吉の出自のこと、御存じありませぬか？」

「それは聞いておる。何でも織田信長の小間使いから成り上がったとか」

「左様、それを御存じならば先程の問いかけの答えもお分かりでしょう」

「……？」

「よろしいか、我が宇都宮家は鎌倉以来この地に四百年に亙って根を張ってきた名門ですぞ。いわば豊前の神木とも言える家柄、それを何で秀吉如き氏素姓も分からぬ男の汚れた手で動かせましょうや。触るだけでも汚らわしい。宇都宮は豊前の名門、豊前こそ宇都宮の根城にござる。たとえ石高は減ってもこの豊前でなければ先祖に対して面目が立ちませぬ」

確かに初代信房以来この地に根を降ろし野仲、山田、緒方、八屋等々一族の拡充に努めるとともに修験の霊峰求菩提山の檀越となって影響力を強めていった。

現に鎮房が得る諸国の事情は求菩提山、英彦山の山伏が運んでくるものであった。

秀吉の出自についても彼らから得た情報である。

宇都宮の語源は「討つの宮」と言われ元来外敵制圧、戦勝を祈願する家柄であった。

五代頼房の時、二度に及ぶ元寇があった。この時頼房は鎌倉幕府の命により桑の弓と蓬の矢を用いる伝家の射法をもって敵国降伏を祈願し今津方面の防備に出陣している。

元々武を尊ぶ宇都宮家であった。

「此度の話、元はと言えば朝房の弱腰から始まったこと。お主が易々と秀吉の朱印状を受け取ったからこうなった。朝房、何故いとも簡単に受け取った、その訳を話せ！」

今度は矛先が朝房に向けられ酒の勢いもあってか鎮房の両目が座ってきた。

どうやら今日二人を呼び出した目的はこの辺にあったようだ。

「出陣に際し父上は全てを任せると仰せられました」

「たわけ！　誰が領地のことまで任せると言うた。儂が任せると言ったのは儂の名代として兵を率い秀吉の軍に加わることまでじゃ」

鎮房は声を荒げて息子の顔を睨みつけた。こうまで高圧的な迫力で責められると朝房は黙り込むより手はなかった。

「ならばどうすれば良かったのだ？」

長房が助け舟を出した。

可愛い孫が窮地に立たされたのを黙って見ておれなかったのだろう。

「その場で断るか、さもなくば父と相談のうえ……として一旦預かるか……」

「儂が思うに恐らくそんなことが言えるような場の雰囲気ではなかったであろう。どうだ、朝房？」

「ハイ」

父親に弱腰と罵倒された朝房は下唇を強く噛んで顔面を朱に染めていた。

「今になって朝房を責めるくらいならお主が仮病など使わず最初から行けば良かったのだ。お主が直接顔を出しておれば秀吉の見る目も違ったであろうし伊予今治の話も断れたかも知れぬ。そこ迄朝房に求めるのは酷というものじゃ」

「いいえ、私はそうは思いませぬ。土台、父上は孫可愛さのあまりか朝房には甘すぎる。何故私を鍛えたと同様、厳しくされぬのですか？」

「別に朝房を甘やかしておる訳ではない。お主と同様にやっておる」

「御自分ではそう言われるが私から見れば全く違う。朝房は既に十九才ですぞ。十九才ならば物事の分別は十分につく筈、豊前の名門宇都宮家が豊前を離れて他所へ行くのが是か否か当然判断できるし判断しなければなりませぬ。父上はそうは思いませぬか？」

「だから言うておる。今になって朝房を責めるくらいなら最初からお主が行くべきであったと」

「誰が秀吉如き卑しき者の下に好んで参りましょうや」

「それなら朝房をこれ以上責めるな」

「フン、これでは話がまったく噛み合いませんな。何度も同じ所を行ったり来たり……これ以上やっても意味がありませんな」

鎮房は立ち上がると足音も荒く廊下に出た。

「くみ、くみ！」

大声で女の名を呼んでいる。

すぐに左手の板戸が開き小柄な女が顔を出した。鎮房の愛妾である。

「さ、くみ、参れ」

くみの手首を引き寄せ軽々と横抱きにすると奥に向かって歩き出した。

「よいか、儂の子を産め。女々しい世継ぎではなく逞しい儂の子を産むのじゃ！」

くみは小さく「ハイ」と頷いたが今はそれどころではなく振り落とされまいと必死に鎮房の首にしがみついていた。

裾がはだけて白い脚が露になっていたがそれを覆い隠す余裕もなかった。

鎮房の声は大広間まではっきり届いていたがやがてそれも聞こえなくなった。

奥の寝間に入ったのであろう。

辺りが静寂を取り戻した時、長房はフーッと大きな溜め息を吐いた。

「朝房、鎮房はああ言うがお主の判断は決して間違っておらぬ」

「私もそのつもりでした。転封こそ伴いますが石高は今の倍以上になるし父上も喜んでくれると信じておりました。それがまさかあのように激怒されるとは……」

正に予想外の反応であった。

宇都宮の現在の石高は築城郡と周辺の一部、ほぼ五万石である。

それが伊予今治に移れば十二万石になるのだから大加増と言って差し支えない。

「転封と言うても今の世に左程珍しきことではない。豊前六郡に入る黒田は播磨から来たし北部二郡の毛利は尾張からの転封じゃ。目くじら立てて言い張る事柄でもない。儂が思うに鎮房は……出自卑しき秀吉に差配されることが耐えられぬと見た」

「私もそう感じました。名門の誇りが許さぬと……」

「このままでは今迄の苦労が水泡に帰すやも知れぬ」

長房が再び溜め息と共に嘆いた。

宇都宮はこの地域でこそ四百年続いた名家ではあるが常に強大な勢力に飲み込まれぬよう気を配ってきた。

「儂が若い頃はまだ大内氏が健在だった……」

そのため長房の正室には大内家最後の当主大内義隆の妹を迎え入れ大内の庇護の下に存続を図った。

因みに長房の父正房の正室も大内氏の出である。

しかし大内氏が亡びた後は大友宗麟が豊前をも支配するようになり宗麟の妹を鎮房の室に迎えた。

ところが今度は大友が島津に圧倒される時代となった。

そうなると島津と組んだ秋月に接近し秋月種実の娘を朝房の室に迎えたのである。

強大な勢力と巧妙に結びながら何とか乗り切って今日に至った。

今迄の舵取りならここは秀吉と組んで宇都宮家の存続を図るべきだが現当主鎮房はそれを拒絶した。

「取り返しのつかぬ事態にならねば良いがのう……」

長房の三度目の嘆息であった。

（三）

肥後に一揆の火の手が上がった。

新国主となった佐々成政に対し国人と呼ばれる土着勢力が猛然と反旗を翻したのである。

肥後は元々菊地氏が守護職として統治してきた国である。

しかし戦国時代になると菊地氏の力が衰え始め逆にその家臣団（国人）が力をつけ文字通り実力次第で領土を拡大していくという無秩序・無統制の時代となっていた。

そこへ秀吉の九州遠征である。

圧倒的な秀吉の軍勢を目にした国人達は旧領安堵を条件に降伏を申し出、秀吉はそれを受け入れた。

「流石秀吉公じゃ、度量が大きい」

国人達は旧領を安堵されてそれこそ安堵の胸を撫で降ろしたのだが、ここに言う「旧領」の意味にからくりがあった。

秀吉が提示したのは菊地氏時代に所有していた領土だったのである。

例えば隈部親永の場合、現有所領は千九百町あるのに菊地氏時代の八百町に戻されるのだ。現有所領を獲得する迄にどれだけの血と汗を流したことか……それを考えるととても納得出来る話ではない。

三千町所有している城久基が八百町に千三百町所有の小代親泰が二百町という具合に五十二名居る国人の全てが菊地氏時代の所領に戻されるのだ。

それぞれの差分は新国主佐々成政の所領となるうえ各国人の知行目録は成政から受け取れとの指示である。

「冗談ではない。我々は秀吉に頭を下げたのであって成政の家臣になった訳ではない。成政は我らと同格の筈だ！」

国人達がこのように沸騰しているところへ成政が検地を強行したためその怒りは遂に発火点に達した。

天正十五年七月一日、隈部親永が反乱の火の手を上げると猛火は忽ち肥後全体に広がったのである。

成政が肥後に入って僅かひと月後に起こった大事変であった。

成政は当初自力で対応していたが各地に蜂起した一揆勢に対処しきれず大坂に援軍を要請、秀吉は近接諸国に出兵を命じた。

「善助、とうとう来たぞ」

「思いのほか早うございましたな」

法然寺の座敷の縁側に官兵衛と利安が腰を降ろしていた。

官兵衛の左足は宙に垂れているが右足の方は膝を曲げたまま縁側に残っている。

それを右手でゆっくり撫でながら利安を見た。二人の会話は既にこうなることを見込んでいた風である。

というのも省五郎が大坂城から伝えてくる秀吉周辺の情報に官兵衛と成政に対する秀吉の特別の思いを感じていたからだ。

「太閤もああ見えて中々執念深い御仁だからな……」

官兵衛がポツリと漏らしたその言葉には複雑な思いが込められていた。

秀吉はよく「人たらし」と言われるように相手に関する情報を詳細に把握しており、それを巧みに操りながら相手の自尊心をくすぐったり耳障りの良い言葉を駆使して人心をつかんでいく。

日常は明るく陽気に振る舞い広い心を持っているかに見える。

だがそれは表面上のことであって心の奥底にはどす黒く沈殿した妖気があった。

人一倍強い嫉妬心である。

若い時分、信長から「サル、サル」と呼ばれて走り回っていた頃、佐々成政は既に信長軍の侍大将だった。

だからその後の秀吉が巧みな世渡り術で出世していっても心の中では常に軽視しており「格下」と見なしていた。

その後の成政はずっと反秀吉の姿勢を貫くのである。

信長が本能寺でその生涯を終えると後継者の座を巡って秀吉と柴田勝家の対立が激化していったが、この時成政は勝家側に付いた。賤ヶ岳の戦で敗れた勝家は越前北ノ庄城に退きそこで自刃して果てた。

その後信長の遺児信雄が徳川家康と組んで小牧・長久手に兵を挙げたが、この時も成政は信雄に付いた。

この対立は和議によって終結するのだが、この時成政は任地越中から厳冬の北アルプスを越え（さらさら越え）て浜松の家康に面会を求め再起を促したのである。

二度も敵方に付きしかも雪中行軍をしてまで家康に再起を求めるなど秀吉にしてみれば許し難い行為である。

即刻捉えて首をはねることも可能ではあったが秀吉は敢えてそれをしなかった。

ここで成政を生かしておけば世間は自分の度量の広さを評価するであろう。だが自分の力で生きていくのと与えられた生では生き甲斐に大きな差が出る……秀吉はそこまで計算していた。

（いたぶるだけいたぶって奴の心をボロボロにしてやる）

秀吉に降伏した成政はそれから二年間、大坂城内でお伽衆を務めたのである。

お伽衆というのは秀吉の話し相手になるのがその仕事であるが最早二人の間は昔のような関係ではない。

明らかな主従関係になった以上、諂《へつら》うしか生きる道はなかった。

「成政殿は情に厚きお方ゆえ主家である織田家へ忠義立てしたまでのこと、これは武士として当然のことでござる。ただ読み筋が我らと違っておったということじゃ、のう成政殿」

「恐れ入りまする」

秀吉の痛烈な皮肉にも黙って耐えねばならなかった。

信長の後継者を巡って家臣団が分裂した時、信長の長男信忠の遺児三法師を担いだ秀吉と信長の三男信孝を担いだ勝家の対立に関して嫌みを言っているのだ。

こういう状況下での肥後国主任命である。成政は秀吉の見る目を変えてやろうと功を焦り「旧領安堵」のからくりにはまってしまった。

「肥後への援軍、出さぬ訳にはいかぬが……それより善助、例の件、小早川殿の返事はどうであった？」

「快く引き受けて下さいました。近々何事かが起こると存じます」

「ウム、ならば吉報を待とう」

「殿、私はそれよりも大坂の動きが気になります」

「お伽衆相手の座興の話か？」

「殿も既にお気づきだと存じますが太閤は殿の才能を畏れています」

官兵衛は何とも困惑した表情を浮かべた。利安に言われる迄もなく秀吉の自分に対する思いは十分承知していたからである。

（やはりあの時以来か……）

五年前の天正十年五月、秀吉は織田の一武将として備中高松城を水攻めして落城寸前まで追い込んでいた。

六月二日、信長が本能寺で明智光秀に討たれるとその情報を伏せたまま電撃的な和議を結び直ちに中国路を引き返して十三日には山崎で明智軍を撃破した。

この時、官兵衛は秀吉の軍師として出陣しており高松城の水攻め、毛利との和議、中国大返しの大作戦を提言し短時間で秀吉を信長の後継者の座に押し上げたのである。

「あれから太閤の殿を見る目が変わりました。味方にしておればこれ程頼りになる男は居ないが、もし敵方だったらこれ程恐ろしい奴は居らぬ。儂が天下を取る迄は何としても手放せぬが、それから先は見限った方が良いのではないか……」

「そこまで言うか、善助」

「いえ、これは私が太閤の心を推し量って勝手に申し上げているだけのこと、どうぞそのつもりでお聞き下さいませ」

官兵衛は頭巾の上からポリポリと頭を掻いた。

今でも時々瘡の部分が痒くなることがある。そんな官兵衛を前に利安は話を続けた。

「何度も楯突いた佐々成政、天下取りの実力を秘めた黒田官兵衛、この二人は何れ世間から非難されぬやり方で処分しておいた方が身のためになる。成政は肥後の統治の失態で何とかなりそうだが問題は官兵衛、名うての戦上手だけにそう簡単には尻尾を出すまい……」

「善助、そちの話は面白いのう」

官兵衛は再び頭を掻いたが今度ばかりは照れ隠しのようだった。

「それにしても善助、黒田だけでなく小早川も毛利も自分の領地が固まっておらぬのに肥後に援軍を出せとは……大坂も酷なことを言うてくるわい」

「おやおや、これは殿らしからぬ弱気なことを」

「お主だから甘えておるのよ、善助」

官兵衛は三度び頭巾の上から頭を掻いた。

（四）

城井谷の溝口館に毛利勝信が顔を出したのは七月下旬のことであった。五百の兵を率いて肥後へ赴く途中だという。鎮房は朝房と一緒に勝信に会った。自分は初対面だが朝房は春の遠征で面識があったからだ。

「先を急がねばならぬ故、直ちに用件に入らせてもらいます」

こう切り出した勝信は鎮房に城井谷からの一時退去を勧めた。

「太閤の朱印状を返上されたと聞きましたがこのまま放置しておいたのでは甚だ拙い事態になりましょう。豊前の名門宇都宮家がこの地で立ち枯れてしまうのを黙って見過ごす訳には参りませぬ。何とか救いたい、何とかこの地に残したい、そう思って参上致した次第です」

勝信は「名門宇都宮家」と鎮房の家系を称えたうえで説得に入った。

今の秀吉は朱印状を返され頭に血が上って聞く耳を持たぬかも知れないが決して話の分からぬ人ではない。

然るべき時期が来たら必ず自分が仲介の労をとるから、それまで暫時城井谷を引き払って我が領内の赤郷に移って来ないか。

「移ると言ってもほんの仮住まいにすぎませぬ」

肥後の騒動が鎮まり人心が落ち着いてくればやがてその時が来るであろう、暫くの間辛抱されよ……。

「誠に有り難い話ではあるが如何なる方法で仲介されるお積もりか……その辺を是非お教え願いたい」

鎮房は一番気になる点を問い質した。

仲介の中身が「ただ辛抱せよ」と言うのであればこの話に乗るつもりはなかった。

長期間の辛抱はやがてなし崩し的な諦めに繋がってしまい一族の運命も浮草同然になってしまうからだ。

「これはまだ誰にも相談しておらぬことですが……」

声を潜めた勝信は両膝を使ってぐいと体を前に寄せた。鎮房、朝房父子もそれにつられたように身を乗り出す。

「宇都宮家は何と言っても豊前の名門、豊前にあってこその宇都宮家でございましょう」

「ウム、ウム」

豊前の名門……この言い回しほど鎮房を満足させるものはなかった。

勝信もその辺はちゃんと心得ているようだ。勝信は更に続ける。

伊予今治十二万石は自ら返上したのだからこの話の復活はあり得ない。従って豊前の名家であることを強調してこの地に何とか残したい。

太閤は自分の出自が卑しいことを十分承知しているだけに名家・名門に対し憧れのような気持ちを持っている。

現に太閤の側室には淀の方はじめ高貴の出のご婦人が多い。

但し現在の石高維持は望めないだろう、今が五万石だから二万石か三万石、そのくらいなら何とか説得出来る。

勝信の話は鎮房の自尊心を満足させるに十分だった。

石高が減るにしても豊前の地に残りさえすれば何とか展望は開ける。

その時こそ四百年の重みが効いてくる筈だ。

(この地に残れば在地豪族だけでなく英彦山、求菩提山の山伏も味方してくれる。そうなれば再起の道も見えてくる……)

そう読んだ鎮房は勝信に丁重な謝辞を述べ門前に立って自らその出立を見送った。

父長房はこのところ表には全く顔を出していなかった。

「儂は既に隠居の身、儂が口出ししては鎮房も何かとやりにくかろう」

この考えがぐらついたのは朱印状返上事件があってからである。

朝房から勝信来訪の話を聞いた長房はその内容にかすかな疑念を抱いた。あまりに出来過ぎた話ではないか……と感じたのである。

そこで朝房を通じ心利いた忍びを何名か選んで勝信の周辺を探るよう命じた。

「但しこの件は朝房、お主が命じお主が報告を聞くのだ。儂の名は出すな。儂は後から密かに教えてもらえばそれで十分」

田河郡赤郷への移転を決意した鎮房は配下の者にその準備を命じ八月に入って間もなく整然と移っていった。

この報を得た官兵衛は直ちに大村助右衛門に二百の兵を与え越先山の麓の館ではなく山頂の太平城に送り込んだ。

自らは兵を率いて肥後へ援軍を出さねばならず黒田の兵力は二分される。

今は平時ではなく戦時と捉えたのである。だが旧勢力の宇都宮勢が自領内から姿を消しても事態が根本的に解決された訳ではない。あくまでも一時的な無風状態を迎えたにすぎなかった。

一方肥後では成政が一揆勢の鎮圧に手を焼いていた。

八月二十三日、隈本城を巡る攻防の中で三千の兵を率いる成政の甥佐々宗能《むねたか》が戦死するなど各地で痛手を喫したため大坂に支援を要請、そこて中国、四国の諸国にまで範囲を広げて出兵が命じられたのである。

混乱が一向に改善されないまま九月が過ぎ十月を迎えたが一日の夜、赤郷の宇都宮陣営に驚くべき情報がもたらされた。

朝房（実は長房）の放った忍びが今回の赤郷移転に関する重大なからくりを仕入れて来たのだ。

朝房は最初一人で聞いたがとても自分一人では判断出来ず父鎮房、祖父長房を交えて報告を受け直した。

勝信を追って肥後に入った宇都宮の忍びは三名、手分けして勝信の周辺を探っていた。二日前、勝信は僅かの供回りを連れて小早川隆景の本陣となっている寺を訪問、二人だけの密談が行われたという。

配下の忍びは天井裏に潜んでその場のやりとりを耳にしたのである。

「どうじゃ、宇都宮の様子は？」

「お陰様で温和しく我が領内の赤郷に移りました」

「ウム、それは重畳。暫く時を要するかも知れぬがそのうち猛虎と呼ばれるような家臣が誕生するわ」

「何とも待ち遠しうございます」

こう言って勝信は深々と頭を下げたのである。勝信は毛利姓を名乗っているが中国の毛利とは全く関係ない。

別名を森吉成とも言い尾張の出身である。若い頃から秀吉に可愛がられ側近として活躍したが、それは戦闘能力に長けていたからではなく戦闘が終結した後の処理能力を買われてのことであった。いわば優秀な行政官として出世していったのだが、この点石田三成によく似ている。

事実、後年の関ヶ原合戦に際しては三成の西軍に加担している。

「毛利殿も豊前二郡六万石の国主になられた以上、有力な家臣が必要となり申す。貴殿の隣には黒田官兵衛殿が入国するが黒田家と言えば後藤又兵衛、母里太兵衛、栗山利安、井上九郎右衛門等々天下に名の知られた強力な家臣団を抱えておる。それに比べて失礼ながら貴殿の毛利家は何とも見劣りする。そこで要らぬお節介と思われるかも知れぬが、どうであろう、先に朱印状を返上した宇都宮鎮房を狙ってみては？」

名島城の隆景が何の前触れもなく小倉城の勝信を訪ねて来てこういう提案をしたのは七月中旬であった。

隆景と官兵衛は互いの知略を認め合っており、隆景はこの提案の裏に栗山利安の来訪があったことなどおくびにも出さない。

あく迄も自分の発案の如く自分の口で語っていた。

「宇都宮ほどの武門の家が我が麾下に加わるのであればこれ程心強い話はありません。されど如何なる手立てがありましょうや？」

「貴殿が本気でそう思うのであれば手立てはあり申す」

こうして耳打ちした方策を勝信が実行に移したのである。つまり自領内の赤郷に「何れ太閤との間をとりもつから」と偽って連れ出し時を稼ぐ。

その後、周辺の状況が変わってくれれば鎮房も頭を切り換えざるを得ないだろう。

特に成政に背いた肥後の国人達がどう処分されるかを見れば自分の生き残る道筋もはっきり感じ取るに違いない。

その時点で「時勢が変わった」ことを理由に鎮房を口説けば膝を屈するであろう。

いくら鎮房が頑固者といっても家を存続させるにはその方法しか道は残らないからだ。

「そうなった暁には宇都宮に岩石城を預けようと思っております」

「おお、岩石城か。あれはこの春攻め落としたが中々手ごわき城と聞いておる」

鎮房が勝信に臣下の礼をとれば以前秋月氏の支城だった岩石城を預けるつもりだ……と手の内を明かしたのである。

この報告を受けた鎮房は顔面を朱に染めて激怒した。

「勝信め、儂をたぶらかしおって！」

ドンと激しく床を蹴って立ち上がった鎮房は更に続けた。

「朝房、直ちに陣触れを出せ。もうこんな所に用は無い。明日夜明けとともに城井谷に帰る！」

足音荒く去っていった鎮房の後ろ姿を目で追いながら長房は深い溜め息を漏らした。

「一番起こって欲しうないことが起こってしもうた……」

朝房も小さく何度も頷いていた。

（五）

十月二日、太平城を守っていた大村助右衛門が馬ヶ岳城に逃げ戻り長政へ宇都宮勢の帰国を報告した。

「今となっては帰国ではない。黒田領への侵入ではないか！」

長政は大声でこう叫び更に続けた。

「直ちに出陣の用意じゃ。我が領土を侵す者は追い払うのみだ！」

長政この時二十才。血気盛んな若者である。黒田側から見れば鎮房の行動は確かに自領への侵略であった。

官兵衛が肥後への出兵中とはいえ主力は当地に残っている。

（たかが五万石程度の田舎者ではないか。軽く追い払ってくれるわ）

長政だけでなく重臣達も相手を嘗めていた。それもただ軽視するというより嘗めきっていた。まるで子供相手の戦くらいにしか思っていなかった。

天下統一を狙う秀吉の主力部隊として何度も修羅場をくぐってきた黒田軍である。宇都宮如き地方勢力に負ける筈はない……誰もがそう信じて疑わなかった。

肥後の地で豊前の異変を知ったのであろう、長政宛に「慎重に行動せよ」との伝言があったが若い長政にはそれも雑音としか聞こえなかった。

同じ頃、肥後に向かっていた毛利の武将勝間田彦六左衛門が長政の支援に駆けつけてくれた。後藤又兵衛、母里太兵衛両名と旧知の間柄とあって長政も歓迎し寄せ手の一翼を担ってもらうことにした。

十月九日、夜明けとともに総勢二千の黒田軍は太平城に向かった。

対する宇都宮勢は千三百、それに加えて大勢の山伏が支援部隊として加わっていた。

黒田軍は太平城を目指したが、ここへ続く道は細く険しい。

特に岩丸山の尾根伝いには馬の背道と呼ばれる難所がある。

名前のとおり馬の背中のような細道で左右は切り立つような断崖である。

馬の背を通り抜けたところに台地が左右に広がっておりそこには人の背丈より高い茅が生い茂っている。鎮房はここに兵を伏せた。ここからだと馬の背道は手に取るように見渡せるが逆に相手からは何も見えない。

生い茂る茅の群れが目に入るだけである。

茅の陰に鉄砲隊、弓隊を並べ馬の背道を見張っていると黒田の軍勢が姿を現した。

細い道を縦一列になってしかも全く無警戒である。恐らく宇都宮勢が籠城したと思い込んでいるのだろう。

（まるで撃ってくれと言わんばかりではないか……よし、もっと引きつけるだけ引きつけてから撃ち込んでやる）

一段高い岩陰に身を隠して前方を注視していた鎮房が頃は良しと飛び出して采配を振った。

「今だ、撃てっ！」

ダダーン、ダダーン……数十丁の鉄砲が一斉に火を吹きそれが二度、三度と続いた。

三段撃ちが終わると今度は無数の矢が放たれ矢音が消えると再び銃声が響いた。

弾込めを終わった鉄砲隊が戦列に戻ったのである。

本来なら最も警戒すべき尾根道を無防備に進軍していたうえに不意を突かれた黒田勢は大混乱に陥った。

撃たれた兵は悲鳴と共に崖を滑り落ちて行き狭い山道では味方同志がぶつかり合いひしめき合い混乱を極めている。

「慌てるな、落ち着け、落ち着くのだ！」

一番隊大将の大野小弁、二番隊大将の勝間田彦六左衛門が必死に喚いているが周囲の混雑にその声もかき消されている。

細長く伸びきった黒田勢が無秩序に退却を始めたがそこへまた銃弾が集中し混乱の度合いが更に増していく。

一番隊、二番隊に続いて本隊が進んでいたが、その中で長政は猩々緋の陣羽織を着て馬上にあった。馬の背道の手前まで来た時、突然前方が乱れ激しい銃声の中、味方がバラバラと退却してくる。

「赤い陣羽織を狙え、あれが長政だ！」

鎮房の指示とともに長政の周辺に弾丸が集中し始めた。

「殿、下馬を！」

横に居た母里太兵衛が長政の脚を引くようにして降ろした。

とにかく収拾がつかない程の大混乱だった。岩丸山を追われた黒田軍は東の小山田谷、西の山秀谷方面へ四分五裂の状態で退却していった。

この間、黒田軍に悲劇が続いた。

小山田谷方面に逃げた長政は息つく間もない程の攻撃にさらされた。

漸く一隊を追い払ったと思うと今度は薮の中に潜んでいた新手が襲いかかってくる。

長政の脇は後藤又兵衛、母里太兵衛、三宅三太夫、菅六之助等の強者が固めていたが何といっても猩々緋の陣羽織は目立ち過ぎた。長政自ら刀を抜き泥田の中で懸命に奮戦しているが宇都宮勢は赤い陣羽織を狙って次々に攻撃してくる。

「殿、御免！」

一番隊の大将大野小弁が乱戦の中、長政の陣羽織を奪うように剥ぎ取ると自らそれを羽織って逆の方向に走り出した。

「長政見参、鎮房と一騎打ち所望じゃ、出てこい鎮房！」

その声をどっと宇都宮勢が取り囲み最後は塩田内記が組み敷いてその首を上げた。

「黒田長政、討ち取ったり！」

内記の誇らしげな声が響いた。

一方、山秀谷に逃げた勝間田も新谷荒五郎に討ち取られた。

塩田も新谷も宇都宮にあってはその名を知られた豪の者で長政はじめ重臣達も初めて宇都宮勢の手ごわさを知ったのだった。

とにかくこの戦で黒田勢は完敗を喫したのである。

「たわけ、ただ負けるだけでなく勝間田殿まで失うとは何事だ！」

事態の激変を肥後で聞いた官兵衛は佐々成政と小早川隆景に断って豊前に戻り宿舎法然寺に長政と重臣を呼びつけた。

七月初めに揃った顔触れと同じである。

「肥後でもそうだが地方豪族といえどその力は侮れぬ。お主達の話を聞いてよう分かったが此度の惨敗は宇都宮勢を嘗めておったからだ。その一言に尽きる。油断以前の問題じゃ」

うなだれて聞いている長政と重臣達は何も言えなかった。

全て官兵衛の指摘するとおりなのだ。

「ただお主達に儂の胸の内を伝えてなかったことは……大いに後悔しておる。肥後から戻る途中、つくづくそう思うた」

官兵衛の話し方が急にしんみりした口調に変わった。

それにつられて男達が顔を上げるのを待っていたように官兵衛は続けた。

「此度の戦、宇都宮との戦ではなく相手は太閤と思え」

「……？」

「太閤は此度の国割りで統治に失敗した者には詰め腹を切らせるつもりだ。九州では肥後と豊前が狙われておる」

いつか利安が太閤の心中を推し量って話した内容である。

だが利安は初めて聞くような顔で耳を傾けていた。

「黒田家を守るにはここで絶対負けてはいかんのだ。何が何でもこの豊前の地に根を降ろさねばならんのだ」

官兵衛は入国した直後の領内視察で馬ヶ岳城に代わる新城建設の場所を山国川河畔の中津と決め既にその普請にとりかかっていた。

「明日から再度領内を視察する。目的は宇都宮とどう戦うかだが先程も言うたとおり真の敵は太閤じゃ。このことだけは頭の中にしっかり入れておけ。九郎右衛門、お主には済まぬが留守を頼む。我らは新城普請の進み具合を視察に行ったとしておいてくれ」

こうして官兵衛一行は法然寺を出た。

勿論中津にも顔を出したが真の目的は宇都宮対策である。先に協力を申し出た地元豪族を道案内に二日間じっくりと城井谷周辺を見て回った。

こうして得た結論が宇都宮封じ込めである。鎮房が城井谷から一歩も出れない状況にしておいてその間に周辺の宇都宮一族を一つ一つ潰していき鎮房を孤立状態に追い込む。

その為にはどうしたら良いか……それは向城を作ることであった。

城井谷は奥深い山合いにあるが、その入り口付近に茅切城という古城があった。城といっても大きな砦のようなものである。そこを補強して二百五十の兵を詰めた。

ここを通らないと絶対外に出れない。

城井谷と外を結ぶ生命線なのである。

官兵衛は攻めにくい城井谷の弱点を突いた。狭く細い道だけに大軍の移動は出来ないのだ。

茅切城を守る将は桐山孫兵衛、黒田宇兵衛、原弥左衛門の三名、何れも精強部隊を率いる勇将である。

三名は交替で任に着き昼となく夜となく襲いかかってくる宇都宮勢を退けた。

「おのれ、官兵衛！」

鎮房は歯ぎしりして悔しがったがどうにも身動きがとれない。

軍師官兵衛の巧妙な戦術に兜を脱がざるを得なかった。

鎮房を封じ込めた官兵衛は主力を率いて領内を転戦、如法寺輝則、緒方惟綱、野仲鎮兼等宇都宮一族を一つ一つ攻略していった。

どれも決して楽な戦ではなかったが城井谷からの援軍は期待できないのだから最終的にはどこも力負けして降伏した。

鎮房を城井谷の奥に孤立させた官兵衛は十一月二十四日、使者を送って和議を成立させた。

こうして豊前の戦火は一応の収束を見たのである。

（六）

和議の条件は二つあった。

鎮房の長女鶴姫を長政の室とすること及び朝房を人質として官兵衛の元に置く事である。

「宇都宮家を保つにはこれしかあるまい」

長房は自分が歩いてきた道を踏まえてこう割り切ったが鎮房は心の中に不満を残しながらもこの条件を呑んだ。

と言うより呑まざるを得なかった。

野仲鎮兼はじめ頼りとする一族が全て黒田に屈したとあっては仮に一戦交えたとしても勝利への展望が開けてこないからだ。

(それにしても官兵衛という奴、畏るべき男だ……)

山深い城井谷は攻められても難攻不落と思っていたが、逆にここに籠もってしまうと全く身動きがとれなくなることを今度の戦で思い知らされた。

外で一族が悪戦苦闘している報を得ながら援軍を出せないもどかしさ、口惜しさをいやという程味合わされたのである。

(備中高松城を水攻めにしたのも官兵衛の知恵と聞いていたが、やはり並の男ではない)

敵ながらその頭脳の冴えを認めざるを得なかった。

鎮房は麓の溝口館で暮らすようになったがこのところめっきり口数が少なくなった。

余程何かを思い詰めている風である。

毎晩のように愛妾くみの方を相手に酒を飲むがその量は以前程ではない。

そこそこに切り上げてはくみを伴って寝間に入っていく。

昼間の槍の稽古でも以前のような熱気を感じなくなった。

(殿は一体どうされたのだろう?)

側近の者達は誰もが首を傾げたがさっぱり分からない。

鎮房は子供達のこと、いや正確に言えば子孫のことを考えていた。

朝房は妻をこちらに置いたまま馬ヶ岳城に移ってしまった。

黒田は新しい城を中津に築いているというからそれが完成したら朝房も中津へ移動するだろう、そうなれば今よりもっと遠くなる。夫婦が別れて暮らせば子供も出来ない。

父長房に似て繊細な神経の持ち主で武の道より詩歌を好む朝房。

その行き方は武を好む鎮房からすれば大いに不満だったが我が子であることには変わりない。

その朝房に子が出来ない……となれば宇都宮家が途絶えてしまう。

それを防ぐには自分の血を引いた子を作るしかない。

(今からでも遅くない)

つい先日までは自分に似た武を好む強い子をくみに産ませその子の成長を待って朝房を廃嫡することを考えていた。

しかし今はそんな事態ではなくなりやや焦りに近い心境になっていた。

官兵衛が苦心の末、豊前を収めたのに比し肥後の火は十一月下旬になってもまだ消えなかった。毛利、小早川だけでなく中国の毛利輝元、吉川元春更には備前の宇喜多秀家まで動員がかかり十二月に入ってから漸く先が見通せるようになった。

十二月六日、和仁《わに》親実の田中城落城。

同月十五日には最大の抵抗勢力だった隈部親永父子が開城してどうにか戦火が消えたのである。

年が明け天正十六年を迎えると官兵衛の身辺が俄に慌ただしくなった。

まず中津城が完成したので馬ヶ岳城と法然寺を引き払って新城に移ったが席の暖まる間もなく大坂から肥後への出陣命令が届いた。国人一揆首謀者の一掃と検地を実行するためである。

「やれやれ、相変わらず人使いの荒いことよ、のう善助」

「いかにも。されど此度は何やら匂います」

「お主も匂うか。それは良き香りか？」

「いえ、全く」

利安は首を横に振って口元を歪めた。

肥後の戦後処理は大坂から送り込まれた上使衆（加藤清正、小西行長、福島正則等々）二万の兵力によって実行されていったが黒田軍はその手助けをせよとのことである。

官兵衛はそれまで城井谷に配置していた甚内の忍び集団の大半を佐々成政に回すと同時に大坂の省

五郎には今後秀吉のどんな些細な動きでも知らせるよう指令を出した。

窮地に立った成政を秀吉がどう捌こうとしているのか……それを知ることは官兵衛自身の生き方を決めるためにも大事なことだった。肥後国の阿蘇郡と益城郡の検地が官兵衛に与えられた仕事である。

官兵衛は今度の遠征に朝房を同行した。

「肥後はお主も去年行った所だが此度は役割が異なっておる。検地とは如何なるものか自分の目で確かめておいた方が良い」

「はい、私もそう思うておりました。もし声がかからなければ私の方からお供をお願いするつもりでした」

朝房はこう言って素直に従った。

(この若者の澄んだ心をいつ迄も大切にしてやれれば良いが……)

かすかな不安を覚えながら肥後へ向かった官兵衛だった。

彼の本陣には毎日のように大坂城の秀吉と地元の成政に関する情報が入ってくる。

成政は大坂へ此度の混乱の謝罪と釈明の旅に出たい様子である。

そのため秀吉の信任が厚く成政自身も親しい安国寺恵瓊を介して面会を申し込んだという。

(ウム、安国寺なら適役だ。何とかとりなしてくれるであろう)

こう官兵衛が予想したとおり秀吉は恵瓊の要請を受け入れ成政と恵瓊は二月に入って間もなく大坂

へ発っていった。

(さぞかし気の重い旅であろうな……)

官兵衛は成政の心中を思いやった。

一方、大坂城からは指示したとおり秀吉に関する詳細な情報が入ってくる。

誰と会って何を話したか、何を食べたか、夜はどの側室を呼んだか……全て手に取るように分かるのだが一つだけ気になる動きがあった。それは最近石田三成との密談がとみに増えたことである。

話の内容は徳川家康、伊達政宗、北条氏政の三名に対して今後どういう手を打っていくか……というのが殆どである。

官兵衛はこの三成の存在がどうも気に入らない。

目から鼻へ抜けるような勘の鋭さを持っており弁舌も立つ。

しかしその内容はあまりにも理に偏りすぎており情が感じられないのだ。

表情ひとつ変えず相手の臓腑を抉るようなことを平然と言い放つ……そう感じるような場面が今迄何度もあった。

(あの三成を何故あれ程までに重用されるのか……戦も決して上手いとは見えぬのに)

強いて挙げるとすれば秀吉への忠誠心であろうか。

若い頃から秀吉に取り立てられ出世してきた三成にとって秀吉は自分の人生の全てを賭ける存在で

あった。

その点、信長から秀吉へと移っていく時代の流れを読みながら生き残ってきた官兵衛とは違っている。

秀吉から見ても三成が自分の天下を掠め取る存在とは思っていないが官兵衛に対しては強い警戒心を抱いている。

とにかく官兵衛にとって三成は「虫の好かぬ奴」なのである。

その三成が度々秀吉に呼ばれ密談を交わしている。

その天井裏に忍び込んで二人の会話を盗聴した省五郎がこと細かに報告してくるのだがつい最近成政に関する情報が入った。

秀吉は元々成政を「二度も敵対した人物」と見ているから今回の失態に対しても厳罰に処すつもりのようだ。

まだ知らせは入っていないが恐らく切腹になるだろう。

ただいたぶるだけいたぶってから……と思っているからやり方も残忍である。

「太閤の好きな金銀を贈れば助命が叶うやも知れませぬ」

こう三成に言わせたのである。

生への道を示唆された成政はそれに飛びついた。前任地越中に秘匿していた金銀財宝を密かに大坂へ運ぶよう指示したのである。

成政は天正八年から五年間、富山城に在って越中一国を支配していた。

当時の越中は地下資源が豊富な国で数多くの金山、銀山を領内に有していた。

松倉金山、河原波《かはらなみ》金山、下田《げた》金山、虎谷《とらだに》金山そして亀谷《かめがい》銀山、池ヶ原銀山等々。

そこから産出される膨大な金銀を富山の山中に隠匿している……成政には以前からこんな噂がつきまとっていた。

それはほんの三年前のことだ。

小牧・長久手の戦で信雄・家康側に付いた成政を秀吉は十万の大軍で攻め降伏させた。その直前、成政は富山城天守閣に隠してあった黄金百万両を家臣阿部義行に命じて鍬崎山山中に隠したというのである。

三成の甘言に乗った成政は自分の命と引き換えにこれを差し出すのだろうか。

「いかん、これは罠だ。途中必ず三成軍に奪われる。何とかならぬか善助！」

「残念ながらここで黒田が動く訳には参りませぬ。我らは肥後にあって検地の最中、遠き越中のことなど知る筈もありませぬ」

その晩、肥後一帯は春の嵐が吹き荒れ樹々を渡る風が轟々と鳴り響いた。

官兵衛も利安もそして朝房も寝付けぬ夜を過ごしたのであった。

（七）

成政は摂津尼ヶ崎の法園《ほうおん》寺で足止めをくっていた。

同行した安国寺恵瓊は成政の謝罪の意志を伝えるため大坂へ上っていったがそれっきり戻って来ない。

その間に三成から秘密の書状が届いた。

（金銀は無事三成殿に渡ったであろうか……）

今、頼りとするのはこの筋しかなく祈る思いで日々を過ごしていた。

ところが当事者の成政より肥後に居る官兵衛の方が忍びの運ぶ情報によって実情を把握していた。

越中鍬崎山山中で金銀を掘り出した佐々勢を数層倍もの石田軍が取り囲み「護衛のため」と称して大坂まで同行した。

「あとは当方にお任せ下され。確実に太閤殿下にお渡し申す」

大坂城大手門前に三成の重臣島左近が姿を現し丁重にこう言って荷駄を引き取ると城内に姿を消していったという。

その知らせが厳重な警戒が敷かれている法園寺に届かず成政は淡い期待を抱き続けているのだ。

「手荒なことこそしていないが、これは奪い取ったも同然ではないか、のう善助」

「いかにも。それにしても……旧領地に金銀を隠していたのは……何とも拙うございました」

「どうせなら肥後に運び込めば良かったものを……。怪しげな金銀は謀反のための軍資金と疑われても致し方ない」

数日後、旅の薬売りの格好をした省五郎が本陣に顔を出した。あいにく官兵衛は他出中だったので利安が応対したが、省五郎自ら肥後を訪れるとは徒事ではあるまい。

「殿のお戻りは夜になるだろう」

「ならばお待ち致します」

「ウム、湯でも使って体をゆっくりやすめておくが良い。で尼ヶ崎の様子はどうだ？」

「いけませぬ」

省五郎は二、三度静かに首を振ったがそれが全てを物語っていた。

夜になって官兵衛が戻り利安も一緒に話を聞いたが大坂の動きは予想を上回る速さで進んでいた。

「太閤は佐々殿には近々腹を切らせるつもりです」

「やはりそうか」

「問題は殿に対する方策にございます」

「太閤はこの儂をどうするつもりじゃ？」

秀吉は成政に対しては領国統治の失敗と過去の反逆を理由に切腹させる腹を固めたが、官兵衛は宇都宮を抑え込んで和議を結んでしまった。これでは責任をとらせる大義名分が無い。

「宇都宮を再度起たせる妙案はないか?」

秀吉は三成にこう投げかけたという。

宇都宮蜂起によって再度豊前を混乱させる腹のようだ。

「宇都宮は名家の誉れ高く豊前の地に強いこだわりを持っております。この辺りをつつくのが上策かと存じます」

「どうやってつつくのだ?」

秀吉の問いかけに三成が素早く反応できたのは相当以前から豊前の実情を探り方策を練っていたに違いない。

「現当主鎮房の室は大友宗麟の妹、嫡男朝房の室は秋月種実の娘にございます。秋月は昨年太閤殿下に降伏して日向財部に移ったばかり、故にここはまず無理でございましょう」

「ならば大友を使うのか?」

「大友宗麟は曾て豊前をも支配しておりました。宗麟亡き後、今は義統《よしむね》の代になっておりますが旧領豊前をちらつかせれば食いついて参ると存じます」

「されど漸く戦乱が治まったこの時勢に大友と黒田を正面から戦わせる訳にはいかぬぞ」

「いえ、そうではなく大友の間者を使って宇都宮一族の残党を煽り再起を呼びかけてはと」

「ウム、成る程」

「豊前領内には昨年黒田に滅ぼされた宇都宮一族の残党がまだ大勢残っております。今はバラバラになっているこの勢力を一つに束ねて大きな力にまとめ宇都宮本家と力を合わせれば再度大混乱に至るは必定……」

秀吉と三成はこのような密談を交わし秀吉もこの提案にかなり傾いているらしい。

黒田としては大坂が仕掛けてくる前に何らかの手を打つ必要に迫られていた。

「宇都宮は黒田の家臣になる覚悟があると思うか、善助？」

省五郎を急いで大坂へ帰した後、官兵衛は利安にこう語りかけた。

脇に置いた灯火の炎がゆらゆらと揺れそれにつれて壁に映った二人の影も大きく揺れた。

「昨年の秋、毛利勝信の本心を知った時、鎮房は激怒して赤郷から城井谷に戻りました。あれを思えば毛利が黒田に代わるだけのこと、まず無理かと存じます」

「であろうな……」

官兵衛は深く嘆息した。

大坂の陰謀をかわし黒田の家を保つには如何なる方策があるか……官兵衛と利安は顔を寄せ合うように密談を続けた。

二人とも額にはべっとりと脂汗を浮かべている。

右膝を立てたままの官兵衛とその横で身を乗り出している利安。

どちらも目尻が吊り上がりまるで鬼のような形相に変わっていた。

翌朝、官兵衛は僅かの供を連れ馬上から「すぐに戻る。留守の間は利安に従え」と言い残して中津へ向かった。


四月十七日、城井谷の鎮房の元へ長政からの封書が届いた。

開けてみると中津城への招待状である。

「中津に新城が完成して間もなく三月を迎えようとしている。移転当初は何かと混乱していたが、それも漸く一段落したので義父上をお招きしたい。鶴姫もお目にかかりたいと言っているので是非お越し願いたい。新しい畳の香り、木の香りを存分にお楽しみいただきたい」

こう書かれた書状に鶴姫直筆の文も添えられていた。

長房も重臣達もこれを見た途端に「行くべきでない」と止めた。

いくら和議を結んだとはいえ昨年までは激しく戦火を交えた相手である。

双方にその時の深い傷が残っておりそれはまだ癒えていない。

「我らは外で苦しむ一族に援軍を送れなかった口惜しさをまだ忘れておらぬ。それは黒田とて同様、岩丸山で惨敗を喫した無念さはまだ残っておる筈じゃ。今暫く時を置いた方が良い」

それが長房をはじめとする反対派の主張である。

「時を置けと言われるがどのくらい待てと言われるのか？　ひと月か、半年か、或いは一年なのか……誰にも分かるまい。ならばここは一番、我らが出向くことによって傷を癒す契機にすれば良いではないか。それよりも相手から来いと言われて行かぬのは武門を誇る家柄として取るべき態度ではない」

こうして鎮房は中津城訪問を決めたのである。

四月二十日早朝、鎮房は五十名の家臣団を率いて城井谷を出たが、心中何かを感じたのであろうか暗いうちに長房を訪ね或る事を託した。

「側室くみが身籠もっております。もし私の身に変事があったらくみを英彦山に逃がして下され」

「ウム、相分かった」

最早長房にはこうとしか言い様がなかった。

鎮房一行を大手門で出迎えたのは後藤又兵衛と母里太兵衛であった。

「若殿と鶴姫がお待ちかねでございます。お供の方は合元寺の方で供応の席を用意致しております」

こうして鎮房は小姓の松田小吉一人を伴って城内に入り他の者は門前にある合元寺に案内された。

鎮房が通されたのは板張りの大広間で書状にもあったとおり新しい木の香りが漂っている。何とも言えぬ芳香であった。

目を閉じて香りを楽しんだ鎮房はゆっくりと腰を降ろした。

それから間もなくせわし気な足音とともに長政が姿を現し義父子の対面が実現した。

「まずは一献傾けたく存じます」

型通りの挨拶を済ませた後、長政がこう言って手を叩いた。

小姓の吉田又助が三方に乗せた酒器と盃を恭しく掲げてすり足で入ってきた。

まず長政が盃を空けそれを鎮房に回す。

鎮房の盃が満たされると酌をした又助はスッと後方に身を引いた。

長政の声と共に今度は野村太郎兵衛が三方を捧げ持って入ってきたが鎮房の前に来ると突然それを投げ捨てた。

「肴をもて!」

と同時に素早く脇差を抜いて鎮房の顔面に切りつけた。

「何をする、小吉、出会え!」

叫んだ鎮房が脇に置いた刀を手に立ち上がった瞬間、目の前には抜刀した長政が迫っていた。

「御免!」

長政が両手で力任せに振り降ろした刀は鎮房の左肩を割り胴体に食い込んだ。

絶叫と共に鎮房が倒れるのと隣室に控えていた小吉が飛び込んできたのは、ほぼ同時であった。

瞬時に全てを悟った小吉は刀を振り回しながら大手門に向かった。

(皆に殿の変事を知らせねばならぬ)

その一心だった。

今、自分のやるべきことはこれしかない。

「どけっ、道を開けろ!」

小吉は鬼の形相で廊下を走り階段を下りまた廊下を走った。

途中、何人かを斬った手応えがあった。

逆に肩、胸、腹の数カ所に焼けるような痛みを感じた。

それでも漸く合元寺が見える場所まで来ると残っていた全力を振り絞って叫んだ。

「殿が討たれたつ、騙し討ちだ!」

叫び終わった小吉の胸板を後藤又兵衛の槍が貫いた。

朝方、鎮房一行を出迎えた時には裃姿だったのに今は鎧をまとっている。

又兵衛と母里太兵衛は武装兵を指揮して合元寺を取り囲み、鎮房家臣団を攻撃する直前だった。

そこへ血まみれの小吉が走ってきて城内の変事を告げた。

又兵衛は口封じのために小吉を刺したのだが間に合わなかった。小吉の悲痛な最後の声は皆に届いたのである。

合元寺の中が騒然となり鎮房の家臣団が続々とおっとり刀で飛び出してきた。

皆必死の形相で城へ向かって走っている。

「撃てーっ！」

表から又兵衛、裏から太兵衛の軍勢が一斉に銃撃したがもう双方は至近距離に迫っておりたちまち白兵戦となった。

平装の宇都宮家臣団を倍以上の黒田武装兵が取り囲み襲いかかっているのだ。

勝負の行方は火を見るより明らかだった。それでも宇都宮家臣団はよく戦った。

必死の思いで刀を振るい何とか血路を開こうとした。

「城井谷に戻るぞ、戻って籠城するのだ！」

重臣の松田左馬介と渡辺右京進がこう連呼すると一団は結束して寺門に殺到し左馬介自らが門を開けてそれを振り回して黒田軍に立ち向かった。

何人かの兵がその直撃を受けて吹っ飛んだ。左馬介が黒田軍を防いでいる隙に二人の男がスルスルと囲みを抜け出し、そこに繋いであった馬に飛び乗って走りだした。

勿論、城井谷方面に向かってである。

「待て！」

二人を追おうとした男の肩を引き止める手があった。又兵衛である。

「もう良い、見逃してやれ」

既に勝敗の帰趨は見えている。

城井谷に中津城の変事を知らせ、善後策を練る時を少しくらいは与えても良いではないか……と惻隠の情を示したのである。

兵は追うのを止めた。

ほんの短いやりとりだったが、これが左馬介の耳に入った。

又兵衛と視線が合った時、左馬介は目顔で礼を言った。

又兵衛も軽く応じたがそれもつかの間、再び左馬介が気合いと共に閂を振り回してきた。槍の柄でガキッと受け止めた又兵衛は怪力にものを言わせてそのまま門まで押し返した。柱を背にした左馬介にもう余力は残っていない。乱戦の中で幾つもの手傷を受けたうえ両手は痺れて感覚を失っている。

「御免！」

サッと飛び離れた又兵衛の槍が左馬介の胸板を貫いた。

こうして合元寺に入った供の武士は全滅し城井谷に残った長房達も黒田軍の猛攻を受け命を落とした。

ただ朝房の室と鎮房の愛妾くみは密かに英彦山へ落ちていった。

中津城から馬を飛ばしてきた男達の急報を受けて長房がそのように計らったのである。中津城では更に悲劇が続いていた。

鶴姫はじめ十三名の女房衆が山国川川原で磔刑に処せられたのである。

一連の情報は肥後の官兵衛にも届けられた。

（とうとうその時が来たか……）

官兵衛と利安は同じ思いで顔を見合わせ口元をぐっと引き締めた。

四月二十四日深夜、二人は朝房の宿舎に夜討ちをかけ朝房とその家臣団を葬り去ったのである。

思えばあの晩が全ての始まりだった。

大坂での秀吉と三成の企みを知った時、二人は夜を徹して策を練った。

宇都宮が黒田の家臣になる見込みが無いのであればどう手を打つべきか。

三成が企んでいるように宇都宮一族の残党が結集して本家と手を結べば豊前が混乱するのは間違いない。

もしそうなった場合、例え鎮圧に成功したとしても肥後の成政と同様の運命を辿るのは必至である。

それだけは絶対に避けねばならない。

黒田の家をここで潰す訳にはいかないのだ。

「道は自ずから限られてくるな、善助」

「大坂が動き出す前に我らが動いて宇都宮を潰す……」

「それも徹底してな。決して平清盛になってはならぬ」

官兵衛は平清盛の名前を出した。

全盛期の清盛が源頼朝・義経兄弟の幼い命を助けたばかりに後年源氏に大逆転を許してしまった。

そのような事態は何としても回避せねばならぬ。

その為にはどうすべきか……後年、お家再興の象徴となるような存在を残さないことだ。宇都宮家に当てはめれば当主鎮房だけでなく、その血を引く者全てを葬り去らねばならない。

「ここは信長公になるしか道はありませぬ」

今度は利安が織田信長の名を出した。

比叡山焼き打ちで知られるように信長流の殲滅作戦を採ろうと言うのだ。

二人の腹は決まった。

「その為には中津の面々と入念に詰めておかねばならぬ。明日、儂が戻ろう」

こうして官兵衛は中津に引き返し長政はじめ重臣達と細部まで策を練りそれを実行したのである。

官兵衛は豊前平定を意識的にいち早く秀吉に報告した。

省五郎からの連絡によると官兵衛の書状を前に秀吉と三成は深く嘆息したという。

だが二人の頭の中はこれから先のことについて差異が生じた。

(流石黒田官兵衛、並の男ではないわ……)

秀吉は官兵衛を「天下を取れる男」と評しただけに改めてその実力に舌を巻き、以降小田原の北条攻め、朝鮮出兵等々で官兵衛の才能を最大限に活用していく。

一方、三成の方は終生考え方がかわることはなかった。

佐々成政は天正十六年閏五月十四日、法園寺で切腹した。資料には「腹十文字にかき切り臓腑をつかみ出し」とあり秀吉への恨みの凄まじさを物語っている。

(終)

空渠の歳月

（一）

福岡城下の東南、薬院町の一画に儒者竹田定澄の屋敷がある。

通りに面した小さな門をくぐると、すぐ右手に桜の古木がありそれが今満開の花を咲かせていた。

吹く風も肌に心地良く時折花びらがハラハラと宙に舞っている。

正に春は盛りの時を迎えていた。

（最初に来た時はまだ固い蕾だったのに刻の経つのは早いものだ……）

福岡藩郡方元締に就いて間もない櫛橋又之進はその古木を暫く感慨深げに眺めていたがやがて家人に案内を乞うた。

ひと月程前、又之進は或る調べ物を定澄に頼んでいたのだがその結果が分かったのだろう、今朝方竹田家からの使いが来て「至急来宅されたい」と告げたのである。

寛延元年（一七四七）春のことであった。この年正月二十六日、福岡藩主黒田継高の長女藤姫が備前岡山藩主池田宗政に輿入れし城下にはまだ祝賀の余韻が残っていた。

そんな緩んだ空気を狙ったのかどうか……名嶋町の西会所門前にある目安箱に何とも気になる書状が投じられたのである。

と言っても別に怪しい文書ではない。

むしろそれによって又之進の心は激しく揺さぶられたのだ。

差出人は遠賀郡大庄屋仰木寿作と明記されておりその内容は遠賀川流域の治水・潅漑に関する提言であった。

遠賀川は福岡城下から東へ十里、英彦山の麓に端を発し響灘に注ぐ大河である。

寿作はまずこう訴える。

「遠賀川流域の遠賀、鞍手、嘉麻、穂波四郡は福岡藩最大の穀倉地帯であるにも拘わらず藩は遠賀川を使い切っていない。大雨が降れば堤はすぐに決壊して一帯は水浸しになる。日照りの時は川に水が流れていてもそれを水田に引き込めていないため、すぐに旱魃になる。これは遠賀川の水を使い切っていない証しである。もっと早くから手を打っておけば享保年間の大飢饉の時もあれ程までに被害は広まらずに済んだ筈だ」

寿作の提言は藩政の痛い所をズバリ突いてくる。

享保年間の被害は確かに酷かった。

大雨、日照り、蝗害が交互に繰り返され毎年のように凶作が続いたのである。

特に享保十七年（一七三二）は春先から長雨が続き秋の収穫が四万三千石と表高（この時は四十七万三千石）の一割にも満たぬ惨状だった。

極端な食糧不足から餓死者が続出し領内総人口の約三分の一に当たる十万人を失ったのである。

いくら天災とはいえ為政者の一人として又之進が無念の想いを抱いた大異変だった。

寿作の提言は更に続く。

「そこで改めて堀川開削を提案したい。元和の昔、初代長政公は遠賀川の治水のため堀川開削に着手されたが、その逝去と共に工事は中断された。この時総司《そうつかさ》を務められた栗山大膳殿は度々工事現場に顔を出されては働く工夫・人夫を督励されたという。それ故、遠賀郡吉田村付近には今でも大膳堀と呼ばれる当時の水濠が残っている。これをそのまま使うか否かは別にしてまず先人の遺志を継ぎそれを活かす方策を考えるべきだ。今こそその時である。これが実現すれば遠賀川流域四郡のみならず福岡藩全体の為にもなると確信する」

堀川とは運河のことである。

つまり寿作は遠賀川治水のために運河を造れと提言しているのだ。

又之進が定澄に調査を頼んだのは、書状にあった「大膳堀」に関してである。

定澄の父定直は三代光之と四代綱政に仕えた儒学者、貝原益軒の愛弟子で「黒田家譜」「筑前国続風土記」の編纂に大きな貢献をした人物である。

目安箱の文書を読んだ又之進は早速「筑前国続風土記」に目を通した。

「筑前国続風土記」が益軒の手によって完成したのは宝永七年（一七一〇）、今から三十七年前のことである。

従って貝原益軒、竹田定直師弟が領内を巡回したのは四十年程前になるだろう。

今でも大膳堀と呼ばれる水濠が残っているのなら益軒・定直が歩いた時にも当然そう呼ばれる水濠が存在していた筈だ。

ところがその記述が無いのだ。

「筑前国続風土記」には次のように書かれている。

吉田の東北の山の間より折尾の境うちまで堀の長さ五町ばかり、今に池となりてあり。その堀より長崎の舟入りまで十余町あり。過半まで出来しかども長政公卆し給いてのち、その功ならずしてやみぬ。右の中間より岩瀬の間の堀いまにあり。吉田と折尾の山間の堀、池となりてなお残れり。

このように元和の掘削跡が今なお池として残っているのは記してあるが、それを地元民が「大膳堀」と呼んでいることは書かれていない。

(何故だろう……今でも地元民が大膳堀と呼ぶ水濠が残存しているのなら益軒・定直師弟が巡った時にもそう呼ばれていただろうに……書き忘れたのだろうか……いや、そんなことはあるまい)

どうもスッキリしない。

些細なことだが喉の奥に何か詰まったような違和感があってそれが消えないのだ。

(何とかして解明出来ないものか……)

そこで思い浮かんだのが定直の跡を継いだ定澄のことである。

もしかしたら竹田家に「筑前国続風土記」の草稿が残ってはいまいか、その中に「大膳堀」の三文字を発見出来ないだろうか、そしてこの調査に定澄の力を貸してもらえないか、いや是非とも貸して欲しいと頼み込んだのである。

「もしその記述があったら……櫛橋様は如何なされるおつもりで?」

定澄はズバリ核心を突いてきたがそれに対する答えは既に朝から用意していた。

「その時は……私が長政公の遺志を継ぐ所存にございます」

「遺志と言われますと?」

「中断されたままの堀川開削を再開し何としても仕上げることです」

「ウーム……」

その後、長い沈黙が続いた。

腕を組み目を閉じて端座している定澄の頭の中は目まぐるしく回転しているに違いない。その記述の有無を探すことは福岡藩の儒者として許されざる行為になりかねないのだ。

無ければどうということはない。

しかし、もし又之進の言うような記述があれば学問と政治《まつりごと》が不可解な闇の部分で結び付いているのを証明するようなものだ。

又之進は祈る思いで定澄を見詰めていた。漸く目を開いた定澄の返事はこうだった。

「分かりました、やってみましょう。なれどこの仕事、かなり厄介でございます。まず当家にその草稿が残っているか否かも定かではありません。暫く時をお貸し下さい」

庭の桜の蕾がまだ固く閉じられていた頃、苦衷の末に申し入れを受けてくれた定澄がいま眼前に座っており、その膝元には分厚い恐らく草稿と思われる古い資料が置いてあった。

「ここをご覧下さい」

紙縒りを挟んであった個所を開くとゆっくりと又之進の方に回してくれた。

そこに書いてあった文章を見て又之進は思わずゴクリと唾を呑んだ。

吉田と折尾の山間の堀、池となりてなお残れり。人々これを大膳堀と呼べり。

とあり「人々これを大膳堀と呼べり」の部分が朱で消してあるのだ。

他にも朱が入っている個所は幾つかあった。

「墨書は父の字、朱を入れたのは益軒先生に相違ありません」

「やはり大膳堀は消されていましたか……」

「やはりと言われますと？」

「栗山大膳という人物は福岡藩から見れば決して好ましい存在ではありません。益軒先生と父上が見たまま感じたままを書かれても恐らく目に見えぬ大きな力が加わったのではないかと……」

対する定澄は何も言わなかった。

その沈黙は又之進の言い分を認めたことになるのだろうか……。

今日のことは決して口外しないことを約して竹田家を辞した又之進は城に向かって歩きながら頭の中でこのひと月間で分かった様々なことを反芻していた。

定澄に調査を頼んだ後、まず藩祖如水と初代長政の事跡を記した「黒田家譜」に目を通した。

同家譜に長政が手がけたという堀川開削のことは書いてあるが、栗山大膳の名は出て来ない。

仰木寿作の書状には大膳が総司を務めたとあるが「黒田家譜」には野口左兵衛、原弥左衛門、野村勘右衛門が総司を務めたとある。

（総司とは戦で言えば一軍の将の筈、それが三名も居るとはどう考えてもおかしい……）

そう思わざるを得なかった。

やはり何らかの力が加わって大膳の名が消されたに違いない。

後日、寿作に聞くと総司大膳の下にこの三名が部下として配置され三つに分けられた工区をそれぞれが担当したという。

地元ではそう伝えられているのだ。

次に三代忠之の事跡を書いた「黒田続家譜」を読んだ。

忠之の生涯は大膳抜きには語れない。

「忠之に謀反の疑いあり」として幕府に訴え出たのは大膳だから所謂「黒田騒動」の顛末が詳細に述べられている筈だ。

だがそこに出てくる大膳は傲岸不遜、横着極まりない人物として書かれていた。

主君に対して逆謀を企み、乱心者・不忠者と徹底的に叩かれている。

「筑前国続風土記」の草稿にしても竹田定直は現地で耳にしたことをそのまま書いた。しかし師益軒の意志か或いはそれより上層部の意向なのか分からないが「大膳堀」の三文字は消されたのである。

栗山大膳……それは福岡藩にとって決して触れたくない名前なのだ。

藩にとっては逆臣であっても寿作の書状によると遠賀郡の地元には今なお「大膳堀」の名が残っていると言う。

これは当時の人達が大膳に親しみを覚えていたからではないか……。

栗山大膳に対し冷淡な藩と追慕する民衆……この落差は一体何なのか。

藩政の深い闇に迷い込んだ思いだった。

権力の持つ恐ろしさを感じると同時に大膳の無念さが想起された。

奥州盛岡へ流された後、福岡城下から大膳を偲ばせるようなものは全て消されてしまったのだ。

福岡藩にとっていま一人、好ましからざる人物が居る。

——後藤又兵衛。

藩祖如水と初代長政に仕えた武将で福岡藩を辞した後、大坂夏の陣で戦死したことで知られる。

如水に仕えた二十四将のことを記した「黒田家臣伝」に又兵衛のことが書いてあるが、これも決して好意的ではない。

「平生戦功多しといえども心術正しからず。戦場にても只仕やすき高名のみ心がけ仕にくき場に臨んでは則はずして人に難をさずくる事多し」とあり、そこに勇将と言われた又兵衛の面影はない。

大膳も又兵衛も主家にとって都合の良いように事実をねじ曲げ前者は不忠の臣、後者は卑怯者と印象付ける意図が伺える。

(人の世とは昔も今も恐ろしきものよ……)

ふと立ち止まった又之進は堀端に並ぶ見事な満開の桜の列に目をやった。

(世の中が如何に変わろうと花は咲き、時が来れば自ずから散っていく。されど人は例え盛りを迎えていても故意に散らされることもある……)

人の世の恐ろしさを改めて思い知らされた又之進だったが、冷え込んだ彼の心を鶯の鳴き声が暖めてくれた。

（二）

初代藩主黒田長政の死から既に百二十四年が過ぎていた。

この間、福岡藩は二代忠之、三代治之、四代綱政、五代宣政と続いてきたがこの宣政が生来の病弱で実子が無いため、支藩である直方藩主黒田長清の嗣子継高を養子に迎えた。継高十二才の時である。

五年後、宣政が隠居し継高が六代目藩主となったのだが何しろまだ十七才と若い。

佐賀藩と一年交替で勤めている長崎警備をはじめ藩の重大行事を実父ではあるが支藩の長清が代行する事例が次第に増えていった。そんな矢先の享保五年（一七二〇）長清が急死したため支藩直方藩五万石は本藩に吸収されることになり直方藩は消滅したのである。

（桜木の不変に比べて人の世は何と脆く頼りないものか……）

その時の実感である。

櫛橋又之進は実は直方藩で六百石を食み家老を務めていた。それが本藩に移動し紆余曲折を経て今漸く郡方元締の地位に就いたのである。

石高も八百石まで増えていたが、例え石高は低くとも支藩の家老の方がやり甲斐はあった……これが心の奥底にある本音なのだがそれを表に出す訳にはいかない。

黙々と新しい任務をこなして今の地位を得たのである。

郡方元締は領内十五郡の各奉行を統括する要職である。

順調な出世街道を歩いていると言えるのだがここ迄は決して平坦な道程ではなかった。

人の世の醜さに晒され続けたのである。

「支藩出身の癖に偉そうな顔をしおって」

「殿ご自身が直方藩の出だから直方藩出身者には甘い」

何の根拠もない嫉妬の嵐が常に彼の周辺に渦巻いていた。

ただ又之進にとって救いだったのは継高が決して凡庸な殿様ではなかったことだ。

継高は吸収した直方藩と本藩との融和を図るため初代長政の故事に倣い両藩家老層の意見交換会を設置していたのである。

長政は「異見会」といういわば一種の放談会を持っていた。

それは長政と家老衆を中心にした数名が腹蔵なく自分の意見を出し合う場で、毎月一回福岡城の本丸・釈迦の間で開かれていた。

この時代にしてみれば画期的なことである。藩政に関することなら何を言っても良い。例えそれが同輩或いは藩主長政を批判する内容であろうと構わない。

但し参加者は絶対に腹を立てないこと、他言しないこと、意趣に残さないことが前提となっていた。

長政は勿論、参加者全員が開会前にそのことを誓い合うのだ。

そんな趣旨もあってこの会は「腹立てずの会」とも呼ばれていた。

さて継高の場合は後年もっと幅を広げた正式な「異見会」が復活するのだが、両藩家老層の意見交換会はその前触れとも言えるものだった。

又之進はその意見交換会へ目安箱に投じられた遠賀堀川の一件を持ち出し全員の関心を引きつけることに成功したのだが、これには一寸した仕掛けがあった。

家臣に命じて投げ文を書き改めたのである。それは書状から栗山大膳の名を消し「長政公の遺業であること」を強調したのだ。

福岡藩にとって大膳は逆臣なのだ。

主君忠之を幕府に訴えた張本人である。

だからその名を消し長政公の遺産として表面に押し上げただけなのだが果たして効果覿面だった。

いつもなら「支藩出身の癖に」と冷ややかな視線を浴びせる本藩の家老衆が今日ばかりは身を乗り出すようにして聞き入っている。やはり黒田家にとって藩祖如水と初代長政の名が持つ重みは格別なのだ。

「筑前に入って間もないというのに遠賀川の治水から始めるとは流石長政公じゃ、目の付け所が違う」

全員こう口にして感心していたのだ。

いや感心というより感激に近い感情の高ぶりであった。

元和の遺業から栗山大膳の名前を消して長政を正面に押し出すという作戦が通じたのか、数日後御前に呼び出され継高から直接の指示を受けた。

「長政公の故事に倣い遠賀堀川を開削する手立てを考えよ」

「かしこまりました」

又之進は直ちに底井野村の茶屋へ馬を走らせ差出人である遠賀郡大庄屋仰木寿作をそこへ呼んだ。

遠賀川に接している遠賀郡底井野村は福岡城から隔たること東へ凡そ十里、初代長政お気に入りの狩猟場があり茶屋が併設されていた。

長政が度々そこを訪れた記録が残っているし、大膳も元和の工事の際は総司を任されたのだから頻繁に通ったに違いない。

ここで元和の工事に触れておきたい。

福岡藩は十五郡からなる五十万二千四百石余の大藩である。

そのうち遠賀川流域には遠賀郡（三万九千石）、鞍手郡（四万七千五百石）、穂波郡（三万六千六百石）、嘉麻郡（三万八千九百石）の四郡があり総石高は十六万二千三百石を占めていた。

四郡で全体のほぼ三分の一を支えていたことになる。

文字どおりの穀倉地帯であった。

ところがこの遠賀川、川床が周辺の田圃より高いうえに大変な暴れ川ときている。

大雨が降る度に各所で堤が切れどこも水浸しになってしまうのだ。

そこで遠賀川の治水対策として考案されたのが堀川開削であった。

大雨が降ると遠賀川だけでは捌き切れない大量の水が流れ込んで堤が切れてしまう。

そこでその水をかわす為に人工の運河を造ることになったのである。

長政は開削工事全体の指揮を採る総司に栗山大膳を任命し、大膳は野村勘右衛門（四千八百石）、野口左兵衛（二千五百石）、原弥左衛門（二千石）の三名を自分の配下に選んだ。何れも二千石以上の大身で大人数の工夫・人夫の使用に長けていたからである。

大膳と配下の三名は何度も現地を視察したうえで運河の経路を決めた。

「まずは遠賀川の東側、中間村に取水口を設けそこから内陸部を経て洞《くき》の海に流す」

これが基本戦略であった。

何とも壮大な計画である。

大膳は全体を三つの工区に分けた。

まず雀薮と呼ばれる中間村の取水口から北東へ約半里（二千メートル）掘り進んで岩瀬村までが第一工区、野村勘右衛門がここを担当した。

第二工区は岩瀬村から吉田村の貴船神社下を通って折尾村までの十四町（千五百メートル）で担当

は野口左兵衛、第三工区は折尾村から長崎村の入江までの十二町（千三百メートル）で担当は原弥左衛門。

工事の終点である長崎村の入江は洞の海に接しており、ここから海に流し込むことになる。

「それ、互いに負けるな、競えや競え！」

三人の競争心を煽れば工事の進行も早くなる……そう読んだ大膳は三つの工区を同時に着工させた。

元和元年（一六二一）正月十四日のことである。

ところが途中に思わぬ落とし穴があった。それは第二工区、貴船神社下にあった。

堀川開削工事が始まって二年、第一・第三工区はほぼ完成したというのに第二工区の開削が貴船神社下で止まってしまったのだ。

第二工区の起点は岩瀬村である。

そこから吉田村の宮地までの三町は田圃の中を真っすぐ掘り進むのだから、極めて順調だった。

ところが宮地を過ぎ貴船神社下の谷間にかかった所で足踏み状態となってしまった。

そこの土質が極めて脆い砂岩層で幾ら掘っても両側からボロボロと崩れ落ち、渠がすぐに埋まってしまうのだ。

特に雨でも降ろうものなら酷いもので苦労して掘り出した土が泥水となって流れ込んでしまい、窪地は元の姿以上に無残な泥沼と化してしまう。

（何ということだ、まるで大蛇の死骸ではないか……）

大膳と左兵衛は貴船神社の石段に立ち眼下に広がる惨めな光景に思わず息を呑んだ。

何度挑戦しても結果は同じだった。

掘る度に泥水に埋まった渠が出現するのだ。

「貴船神社の神様が怒っておられる」

「竜神様の祟りじゃ」

工事に携わる工夫・人夫だけでなく地元民の間にこんな噂が広がり人心が離れ始めた。

人心離反……それは為政者にとって何よりも恐いものだ。

（何とか手を打たねばならぬ）

大膳と左兵衛は密かに経路の変更を策し貴船神社から一町程西にある車返《くるまがえし》の谷に目をつけた。

そこは全山見上げるような岩山だったが、少しずつ削っていけば何時かは必ず切り抜けられる。頑丈な岩盤ではあるが貴船神社下のようにやり甲斐のない異状は発生しない……と読んだ。

ところがその頃、江戸から国元に向かっていた長政が京都で客死したため堀川開削工事そのものが止まってしまったのである。

（三）

さて底井野の茶屋で仰木寿作と会った又之進だったが、ここで思わぬ展開となった。

寿作が予想外のことを口にしたのである。

「あの書状は確かに私が書き城下に所用で出向いた折、目安箱に投じたものでございます。されどあの堀川の一件は私が考えついたのではなく或る男が常々言っていることを私が代筆したに過ぎません」

何と文書の箔を付ける為に大庄屋の自分が書いたというのだ。

「誰だ、その或る男というのは？」

「底井野村の百姓で久作という者です。この近くに住んでおりますが今は田植えの準備でいろいろ何かと……」

寿作はそこで言葉を濁した。

田植えの時期を迎えて忙しいから昼間に呼び出すのは控えて欲しいと訴えているのだ。又之進はそれを察したが何としてもその久作という男に会ってみたくなった。

「明日、畑仕事が終わってからで良い。そのままの格好で構わぬから、ここで夕餉を共にしたいと伝えてくれぬか、勿論その方も一緒じゃ。繰り返すが野良着のままで良いぞ」

――翌日夕方。

約束通り寿作が久作を伴って茶屋に姿を現した。

久作は痩身の意外と小柄な男だった。

指示通りの野良着姿でそこからはみ出た顔と手足は逞しく日焼けしている。

小柄だがその顔つきからは利発そうな印象を受けた。

口元がキリッと締まった若者である。

だが又之進を前に流石に緊張した様子だ。

「そう固くならずに一杯やってくれ」

「ハイ、有り難うございます」

久作は僅かの酒で顔を赤く染めてはいたがだからと言って呑めぬ質でもないらしい。

又之進が奨めれば緊張しながらも盃を受けた。

「久作、その方、いつ堀川のことを思いついたのだ？」

「いつ頃と言われましても……これは先祖代々伝わっていることでして……」

「先祖代々だと？」

「ハイ、左様でございます」

小さく頷いた久作は懐から油紙の包みを取り出すと、まるで割れ物でも扱うような手つきで丁寧にそれを開いた。

彼の家に代々伝わりいつも仏壇に納めている古文書だという。

それは折り目が今にも千切れてしまいそうな紙片だったが、仮名交じりの文字ははっきり読み取れた。

「家に代々伝わっている話というのは……」

こう切り出した久作は、驚くべきことを物語ったのである。

元和の工事の時、総司の職にあった栗山大膳は度々現場を訪れ進捗状況を視察すると共にそこで働く者を激励して歩いた。

時には十日以上長逗留することもあったので、時の大庄屋仰木寿平は身辺の世話役としてくみという近くに住む女を茶屋に派遣した。気立てが良く細かな所まで気が回るくみは大膳に大層気に入られた。

二人はいつしか男女の仲となり、やがてくみは女の子を産んだ。

ところが「黒田騒動」によって大膳は奥州盛岡へ配流と決まったので、寿平はくみ母子の名前を変え密かに自分の養女として預かったという。

母親の方は間もなく胸を病んで他界したがせつと名付けられた娘の方は長じて孫七という底井野村の百姓に嫁いだ。

「その孫七というのが……私の三代前の当主でございます」

つまり久作の曾祖父が孫七で、その妻は大膳の娘だと言うのだ。

とすると今、目の前に座っている久作は大膳の血を引く人物ということになる。

俄には信じ難い話ではあったが決してあり得ないことではない。

だからといって今更どうこう出来るものでもなかった。

大膳は福岡藩にとってあくまでも反逆者であり不忠の臣なのだ。

そのことよりも、今目の前に広げられた古文書の方に心が動いた。

大膳が子孫の為に書き遺したと伝えられるその古文書には次のように書かれていたのである。
(一) 長政公ご他界によって堀川開削は中断されたが遠賀川周辺の四郡を富ませ福岡藩全体を豊かにするには、この堀川開削は絶対に必要な工事である。
(二) 堀川の経路について思わぬ見込み違いがあった。中間村から岩瀬村までは今のままで良いが岩瀬村から折尾村までは変更すべきである。貴船神社下の土質があんなに劣悪だとは夢想だにしなかった。
(三) その代案として車返の谷の切削を提言したい。この谷は全山岩だから大変な難工事になるだろうが、地崩れを心配することは決してない。
元和の工事は大膳が全体を三工区に分け互いに競わせるように同時着工した。

第一工区と第三工区は問題なかったが第二工区でつまずいた。

貴船神社下の土質が脆く掘っても掘ってもボロボロと崩れ落ちてしまい前に進まない。やがて長政の死去によって工事そのものが中止となってしまったのだ。

又之進は油紙の上に広げられたその古文書を自分の顔を近づけて読んだ。

もし手に取り上げたらそのまま崩れ落ちてしまいそうな気がしたからである。

目にした文書は古くともその中身は全く色褪せてはいなかった。いや、それどころか今となっては逆に輝きさえ感じさせる。

この文書は（一）でまず堀川の必要性を説き（二）で経路を反省したうえ（三）で変更すべき経路を提示している。

単に子孫の為というより福岡藩全体を富ませる方策という高い次元で物事を捉えている点を見ると大膳が書き遺した可能性は高いと思った。

（長政公ご逝去から百二十四年……その間福岡藩は一体何をしていたのだ。これ程重要な施策を何故今まで放置していたのだ……）

又之進は今回の一連の流れを思い返しながら「堀川開削」こそ自分に課せられた天命ではないか……と感じ始めていた。

目安箱に投じられた書状によって栗山大膳の末裔かもしれない久作と出会い彼の家に代々伝わる古

文書を目にした。

また自分が支藩の直方藩出身であるだけでなく主君継高も直方藩の出であることに一種の運命を感じた。

旧直方藩は遠賀川の上流に位置していただけに、川の恵みの大きさと災いをもたらす際の恐ろしさを十分認識していたからだ。

（この堀川開削は継高公と自分に与えられた天命である。遠賀川周辺の四郡を富ませるだけでなく福岡藩全体を豊かにするため絶対にやり遂げねばならぬ大事業だ。大膳殿がここに書き遺されたとおりだ）

文書から目を離し顔を上げた又之進は寿作と久作に言った。

「儂の目の奥には享保の大飢饉の時に見た悲惨な光景が今でもはっきり焼き付いておる」

あの時、藩はお救い米を出し博多湾に面した荒戸の浜で困窮者に向けた粥の炊き出しをした。

東から西からそして南からも夥しい数の飢えた民衆が押し寄せてきた。

どの顔も骨と皮だけに痩せ細り目だけが異様に大きく光っている。

何とも言い様のない悲惨な光景だった。

又之進は西新町の松林に立って難民を荒戸の浜へ誘導する役目に従事していた。

その時である。

何とももの哀しい念仏のような唄声が流れてきた。子供の声である。

最初は何と言っているのか聞き取れなかったが、何度も何度も繰り返される文句を聞いているうちにはっきりと耳に納めることが出来た。

念仏のような唄声とも唄声のような念仏とも言える不思議な声が近づいてきた。

つんなんごうつんなんごう荒戸の浜までつんなんごう
何人かの目は虚ろで足元もおぼつかない。又之進は暫く子供達を見詰めていたが手つなぎの意図が分かって思わず息を呑んだ。

これは仲良しを示すための手つなぎではない。自力では歩けない仲間を互いに支え合い励まし合う手つなぎなのだ。

ボロボロに擦り切れた着物から枯れ枝のように細い手と足が出ている。

その細い手で今にも倒れそうな仲間を互いに支え合って歩いているのだ。

つんなんごうつんなんごう荒戸の浜までつんなんごう
子供達は焦点の定まらない虚ろな目で遠い一点を見詰め、口ではまるで呪文のように繰り返し繰り返し、つんなんごうつんなんごう……と唱えながら目の前を通り過ぎていった。両目の淵が熱くなった又之進は思わず声をかけた。

「頑張れ、もう少しだ！」

だがその声に反応して又之進へ視線を向けた子供は一人も居なかった。

「あれは正にこの世の地獄。あのように悲惨な事態を二度と招いてはならぬ。この思いはあれ以来ずっと持ち続けておる。そのためにも遠賀堀川は必要じゃ」

寿作と久作を前にこうキッパリと言い切ったのである。

その後も酒を酌み交わしながら懇談を続けたが、そこで久作の家に代々伝わっているという別の話を聞いた。

それは長政の死後、跡を継いだ忠之が大膳と対立した秘話とも言える内容だった。

長政の死後、その遺言によって二つの藩が誕生した。

三男長興が秋月藩五万石、四男隆政が東蓮寺藩（後の直方藩）四万石を興したのである。それによって本藩を継いだ忠之の所領は四十一万石余と減じた。

忠之にはこれが面白くない。

「儂は五十万石を継ぐ器ではないというのか」

大膳に向かってよくこう拗ねたという。

更に堀川開削工事に関しても横槍を入れてきた。

「遠賀、鞍手、嘉麻三郡の大半は東蓮寺藩の所領となった。堀川がどうしても必要と言うのであれば、これから先の工事は隆政にやらせよ」

確かに鞍手郡は八割方が東蓮寺藩の所領となったが、遠賀・嘉麻二郡についてはそれぞれ三千石程度が編入されたに過ぎない。

しかし忠之には工事継続の意志は全く無く堀川開削は暗礁に乗り上げてしまった。

（対立の発端は忠之公の嫉妬だったのか）

これから九年後、世に言う黒田騒動の勃発となるのだが、忠之と大膳対立の萌芽は既に長政の死後すぐに芽生えていたのである。

又之進も初めて聞く黒田騒動の秘話だった。それにしてもこんな話が代々伝わっているとは、やはり久作は大膳の血を引いているのだろうか……。

又之進の胸中を知ってか知らずか、話し終わった久作は黙々と箸を動かしていた。

城に戻った又之進は慎重に事を運んだ。

藩主継高の承認は得ているのだから「上意」としてやれぬこともないのだが、それは決して得策ではない。

短期間で済む仕事ならともかく、これは何年かかるか分からない大事業である。

人心が離れないよう地元民の賛同を得ることがまず第一だった。

工事の途中で彼らに背を向けられたら、それこそ事業そのものが頓挫してしまう。

そうならないよう足元を十分に固めておく必要があった。

遠賀郡郡代・樋口貞右衛門、鞍手郡郡代・高村幸右衛門、嘉麻・穂波郡郡代・大森善右衛門、そして彼らの上役である郡奉行・神崎仁右衛門を何度も呼んでは現地を視察させ彼らの意見を聞いた。

更にその都度、彼らから各郡の大庄屋、庄屋に状況を報告させ、少しずつ足元を固めていったのである。

「地元が一番大切なのは当然だが東風《こち》に吹かれても困るからな……」

東風に吹かれても困る……又之進がこう言ったのは幕府対策のことである。

幕府の許可を得たうえでないとこういう類いの工事は実行出来ない。

黙ってやろうものなら、幕府から「謀反の疑い有り」と嫌疑をかけられ藩そのものが取り潰される危険性がある。

そういう事態だけは何としても避けねばならなかった。

又之進は国元における今迄の経緯と今後の計画を詳細に手紙に書き江戸屋敷に送った。

（四）

堀川開削の舞台は江戸に移った。

福岡藩の江戸屋敷は桜田にある。

江戸屋敷の役割は何か……本件の場合、日頃培った人脈を活用して幕府の意向を探り、その意に沿うような届け出書類を作成して幕府の了解を得る……ということだが、これが中々難しい。

そう簡単に事は運ばないのだ。

窓口となる人物には幅広い見識だけでなく江戸風の教養、更には幇間的素養というか自己を卑下し相手を良い気にさせる素質が要求された。

「いや流石的を射た鋭いご指摘でございます。国元の田舎者が考えることときたら……誠にお恥ずかしい限りで……」

国元に知れたらひと騒動起きかねないような言葉だが、このくらいのことを平然と言い放つ厚かましさが必要なのだ。

端的に言えば忠誠心と遊び心が同居しているような人物である。

江戸留守居役・永田平之丞が正にその適役だった。

最終的に幕府としての判断を下すのは老中である。

従ってどの藩も老中との人脈作りに力を注いだ。特に老中の身辺にあって案件を捌いていく用人との関係が重視された。

最終的に決裁するのは老中だが本件のような場合、用人が事前の下打ち合わせで細部まで調整しそのうえで「これで参りましょう」と老中に上げるのが通例である。

だから用人をまずその気にさせるのが先決であった。

ここで賄賂が発生することになる。

各藩は幕府の心証を少しでも良くしようと用人のご機嫌をとる。

それが常識的な範囲内で納まっておればどうという事もないが人間には欲が付き物、知らず知らずのうちに金銭が絡むようになりいつの間にか深みにはまってしまうのである。福岡藩江戸屋敷の留守居役永田平之丞は老中堀田正亮の用人、松永兆左衛門と懇意にしていた。

勿論、そうならんが為に近づいたのは言う迄もない。

盆暮れの付け届けだけでなく節句・重陽の贈り物を口実に接近し、やがて食事を共にするようになり今では一緒に吉原へ繰り出す程の間柄になっている。

その度に出費もかさむのだが「必ず役に立つ日が来る」と信じ自分に言い聞かせながらやってきた。

そして今、その時がやってきたのである。

(ここは何としても幕府の了承を取り付けねばならぬ)

平之丞は国元の又之進から届いた長文の手紙を何度も何度も読み直し、十分に咀嚼したうえで次のような届け書の案文を作り兆左衛門に見せた。

覚

筑前国遠賀郡大川筋中間村辺より枝川を掘り吉田村山際に至り、是より山を切り抜き折尾村、長崎村辺迄四拾七町廿間程に大川の水、若松洲口・芦屋洲口両方に流出で候様に仕度候。右遠賀郡・鞍手郡地低くこれある故、洪水の節水難多く年々田畑損耗、川土手破損これ有り、百姓難儀に及び候。右の通り普請申し付け候得ば後年迄水難是無く百姓救いに相成り候。右切り抜き候山の根盤石にて急速に成就仕り難く候。連々に切り通し候様に仕り度候。此の堀川申し付け候ても往還の通路・宿駅等少しも障り御座無く候。則絵図朱引を加へ指し上げ申し候。此の段御聞置き成され下さるべく候。


「如何でございましょう」

「ウーム……」

兆左衛門は眉間に皺を寄せ何やら真剣に考え込んでいる。

(はてそんなに難しい案件だろうか?)

と思ったが、こちらから急かすのは得策ではない。

平之丞はここは我慢と心に決めて相手の返事を待った。

「貴殿は深川の舟宿、梅乃屋をご存じか?」

「は?　ハイ、存じております」

長い沈黙の後、兆左衛門は堀川開削とは何の関係もない舟宿の話を切り出してきたが、それだけ聞いて平之丞は相手の意図が読めた。

（ハハーン、そういうことか……）

梅乃屋は何度か一緒に遊んだことのある舟宿である。

「これは中々重い案件故、今日、明日とじっくり考えてみたい。明後日、申の刻、梅乃屋で会おう」

「かしこまりました」

兆左衛門は満足気に頷いたが恐らくこの男、先刻の沈黙の間に二日後の遊ぶ段取りを練っていたに違いない。

届け書の内容など頭には無かったのだ。

二日後、梅乃屋で待っていると兆左衛門は約束の刻限通りに顔を出した。

「大切な話だから舟の中で話そう。大川を下りながら固い話をするのもまた風流なものよ」

「左様でございますな」

平之丞は笑顔で応えたものの予想通りの展開に腹の中では苦笑していた。

大川を下った仲町には梅乃屋の女将の姉がやっている舟宿花尾屋がある。

花尾屋と梅乃屋は文字通りの姉妹店で花尾屋の方に馴染みの芸者を待たせているに違いなかった。

それにかかる費用請求が平之丞に回ってくるのは覚悟しておかねばならないが、それで治まるのならやむを得ない……と腹を括った。平之丞は数年前のことを思い起こし腹の中が何となくこそばゆい思いだった。

役人の骨っぽいのは猪牙《ちょき》に乗せ……という川柳がある。

堅物に見える役人でも屋形船に乗せて酒色でもてなせば籠絡出来る……の意だが、実は兆左衛門をこの手で骨抜きにした張本人は平之丞だったのである。

それが今では相手の方が上手を行くようになってしまった……何とも皮肉な話だった。

「福岡藩の言わんとするところはよう分かった。されど肝心なのはあまり大工事と思われないような言い回しにすることだ。変に誤解されて困るのは貴藩の方だからな」

これが屋形船に乗り込み対座した直後の第一声であった。

「はて、左様な個所がございましたか？」

平之丞は屋形船の障子を開けた。

心地よい川風が吹き込んできて汗ばんだ額を冷やしてくれる。

対岸に見える樹々の新緑が目に染みるように美しい。

平之丞は紙が飛ばないよう湯呑みと扇子を両端に置いた。

「山の根盤石とか切り通しとか如何にも大掛かりな工事を思わせるではないか」

「あ、成る程、いや流石てございますな。どうも国元の連中ときたら無骨な言い回ししか出来ませんで」

平之丞は自分で書いた文書を国元から届いたもののようにすり替えた。

そうしておいた方が無難と思われたからだ。本音としては一体どこが大掛かりと思わせるのだ……と言いたいのだが、ここは相手に合わせておかねばならない。

変に反論して機嫌を損ねる方が恐ろしい。

「それに絵図面も不要じゃ。月番老中から催促された時、すぐに説明出来るよう手元に置いておけばそれで良い。そもそも最初に覚と書くから万事仰々しくなる。これも取れ」

「ウーム……かしこまりました」

こうして「山の根盤石にて」を「山石多くに付き」と改め、「連々に切り通し候様に」を「連々石取り除き候様に仕り度候」と訂正し「覚」と「則絵図朱引を加へ指し上げ申し候」を削除して月番老中西尾忠尚を訪ねた。ここで平之丞に面会したのも用人石井小兵衛である。

二年前、兆左衛門から小兵衛を紹介してもらいやはり何度か遊んだことがある。

この石井小兵衛という男、吉原に馴染みの太夫が居てかなり熱を上げている様子、平之丞はそこを突いた。

尾張屋という揚屋にその遊女を呼び出し小兵衛に会わせたのである。

遊客が直接遊女屋に行くのではなく遊女を揚屋に呼んで遊ぶのである。

これが出来るのは太夫、格子という上級の遊女に限られていた。

これだと金はかかるが贔屓の女が自分の方からやってきてそれを独占出来るのだから男にとってこ

れ程満足出来る遊びはない。

「おお、永田殿、今日は世話になるな」

小兵衛は上機嫌である。

目尻を下げそのまま溶けてしまいそうなだらしない顔つきになっている。

「大凡のことは松永殿から聞いた。儂の方も松永殿の言い分に異存はない。ただ一つだけ追加してくれぬか」

「何処でございましょう？」

兆左衛門の注文通りに修正した文書を予め小兵衛に渡していたのだが、それを広げてこう指摘したのである。

「最後の方だが……連々石取り除き候様に仕り度く候……の度くは取った方が良い」

「……？」

「つまり何だ、少しずつ石を取り除いていきたい……と言うのではなく自らの意志で少しずつ石を取り除いて参ります……とした方が黒田家の決意の程が示されて全体が締まるのではないかな」

「ム……かしこまりました」

この言葉が出るまで一寸時間を要した。

頭を下げた平之丞は内心（愚にもつかぬことを言いおって……何と馬鹿馬鹿しい）と思いつつも（こ

れで幕府の承認を得られるのなら安いものだ）と思い直して修正に応じたのである。

藩邸に戻った平之丞は江戸における幕府との折衝経過と結論を詳細に綴って国元の又之進に送った。

「幕府は一体何を考えておるのだ。これだけの大工事をやるのに仰々しくするなとか、絵図面など要らぬとは何事だ。箱庭を作るのではないぞ！」

平之丞からの手紙を読み終わった時、思わずそう激してはみたがこれで東風が吹かぬなら良しとするか……と気持ちを切り換えた又之進だった。

（長いものには巻かれろと言うが……どうも巻かれ心地が良くない。出来ることなら我らを巻いた長いものをぶった切ってやりたいくらいだ）

それにしても幕府は世の中に波風が立つのを極端に嫌っているようだ。

今日の安寧を保つため全ての面で事なかれ主義に陥っているのが、今回の申請でよく分かった。それを一番肌で感じたのが江戸留守居役永田平之丞であろう。

（こんなぬるま湯に浸かったようなやり方で良いのか？）

という幕府への不満は残ったものの「堀川開削工事着工」という現実的課題は福岡藩にかかってきたのである。

元々又之進は今回の堀川開削に関し第一・第三工区は元和の遺跡を使い第二工区は車返の谷に変更するつもりだった。

久作の家に代々伝わる栗山大膳が書き遺したという方策を採用したのである。

そのため実は寛延四年（一七五一）から密かに三十人の郷夫（藩お抱えの石工）を投入して岩山の試掘に当たらせていた。

大膳の提言を信じてはいるものの果たして実現可能なのか否か……もしそれが手も足も出ないような難関であれば潔く諦めて別の経路を探さねばならない。

少しずつで良い、蝸牛の歩みより遅くても良い、腰を据えてじっくり取り組んでいけば何とか岩山を切り開いていける……そんな見込みが立った時点で正式に幕府への申請手続きを始め江戸屋敷留守居役・永田平之丞の活躍もあって宝暦五年（一七五五）六月、骨抜きにされたとはいえ公式の届け書が幕府に認められ全ての手続きが完了したのである。

後は自力でやり遂げるのみだ。

「我らは初代長政公のご遺志を継いで遠賀堀川を造り上げる。これが完成すれば遠賀四郡のみならず福岡藩が間違いなく豊かになる。全員、そのことを肝に銘じて全力を投入してくれ！」

総司に就任した又之進が工事奉行神崎仁右衛門、郷夫頭の城戸弥七・古野宅右衛門・勝野又兵衛、使役頭に任命された久作らを前に胸中の熱い決意を述べた。

ただ言葉には出さなかったが元和の時の総司栗山大膳の遺志を継ぐ思いがあったことも事実である。

いや本当はこちらの方が強いのだが、敢えて大膳の名は出さなかった。

「本工事が成るも成らぬも全てこの車返の谷の切り抜きにある。全員その覚悟で全力でかかってくれ！」

こうして遠賀堀川の開削工事が始まった。元和の時は第一、第二、第三工区を同時に着工させ互いに競わせたが今回はその手を採らずまず第二工区へ全力を集中した。

郷夫（石工）を試掘時の三倍の九十名に増やし排出される土石の運搬には更に数倍の農民を使ったのだが、それには久作から厳しい注文がついた。

「櫛橋様、百姓だって毎日の暮らしがかかっております。只働きだけはさせないで下さい」

「ウム、相分かった。悪いようにはせぬ」

こうして出夫した者には相応の賃銀が支払われたのである。

車返の谷は全山岩山である。

その岩山に無数の蟻がたかるようにして人間が挑んでいく。

幕府がいくら「大工事と思われぬようにやれ」と言っても、これは近来稀に見る大工事なのだ。決して「山石が多いのでそれを取り除く」ような軽い作業ではない。男達の血と汗抜きには語れない難工事なのだ。

来る日も来る日も鑿と鎚の音は周辺に響いて絶えることがなかった。

そんな日が一年、二年、三年と続き四年後の宝暦九年（一七五九）九月五日、最大の難所、車返の谷の切り抜き工事が完了した。

試掘の時に溯れば実に八年半の長期に亙る難工事であった。

幅三間半（六・三メートル）の渠が一町二十間（一五六メートル）も続いている。

一番苦労した峠の個所は川底から頂上まで六丈五尺（二十メートル）あった。

正に見上げる高さである。

「とうとう成し遂げたな」

二年前、家老に昇格したため総司の座を離れた又之進は後任の浦上彦兵衛の肩を叩いてその労をねぎらった。

車返の谷の切り抜きが終わったと聞いて福岡から飛んで来たのである。

「いえ、櫛橋様のご苦労に比べれば私など何もやってないのと同じです」

そう言いながらも彦兵衛の目は潤んでいる。期間は短いにしても彼には彼なりの苦労があったに違いない。

（大膳殿が書き遺された工事をやっと仕上げましたぞ、八年半の時を要したけど車返の谷を何とか切り抜きました。後は第一工区と第三工区に繋いで遠賀堀川全体を完成させるつもりです……漸く先が見えて参りました。この堀川が完成すれば遠賀川周辺の四郡は万全でございます。そうなれば福岡藩も豊かになります。いや、大膳殿の遺志を継いで我らがそうしなければなりませぬ）

渠の淵を歩きながら又之進は為政者としての大先達である大膳に心の中で語りかけていた。

元和の昔、想い半ばにして諦めざるを得なかった大膳の夢をやっと今現実のものとしかけたのである。

それには百三十六年という気の遠くなるような歳月を要していた。

（もうちょっと、あと少し頑張れば遠賀堀川が完成する……）

又之進はここが水で満たされる日を想像した。遠賀川本流からの水が堀川に流れ込み、やがてこの車返の谷をも満たしていく。

考えただけで胸が熱くなり気が昂ぶった。その日はもうすぐ手の届く所まで来ているのだ。

車返の谷切り抜きという最大の難関を突破した作業集団は俄然活気づき、元和の遺構が残っている第一、第三工区の整備修築にとりかかった。

まずそこに溜まった水を汲み出して川底と壁面を陽光に当てて乾かし、その後に改めて鍬を入れていった。

次に新たに掘った第二工区に繋がるよう若干の経路修正をし宝暦十二年（一七六二）正月、遂に車返切り抜きの上流、下流が貫通したのである。

「良いか、一気に流すな。少しずつ流せ！」

中間村中島に設けられた水門の前で総司浦上彦兵衛が叫んでいる。

手にした采配の銀糸が陽光に当たりキラリと光った。

水門の左右で牛が滑車にかかった綱を引くと石の水門がゆっくりと開き、そこから遠賀川本流の水が流れ込んできた。

一斉にどよめきが起こり拍手が続いた。

「バンザイ！」の声も聞こえてくる。

大川の水は徐々に堀川を満たしていき勢い良く音を立てて岩瀬村の方へ流れていく。

苦労して切り抜いた車返の谷へもこの水が流れ込みやがて溢れるようになるだろう。

又之進は彦兵衛の後ろに立って眼下を流れる堀川の水に見入っていた。

やはり胸が熱くなってくる。

（大膳殿、遂に遠賀堀川が完成しましたぞ。貴方様の血を引く久作もよう働きました。いえいえ、ただ働いただけではありませぬ。そもそもの発端は久作が持っていた古文書です。あれがあったからこそ遠賀堀川が出来上がったのです）

ふと久作を見ると渠の淵にしゃがみ込んで水面を見詰めている。

やがて右手を伸ばして水をすくい上げるとそれを宙に放り投げた。

次に左手で同じことをやり三度目は両手でやった。

飛沫が久作の顔を濡らしているがそれを拭こうともしない。

ただ又之進には久作の両目の淵で光っていたのは堀川の水だけではないように思われた。元和九年の長政の死去以来、実に百三十九年ぶりに陽の目を見た堀川の完成であった。

（五）

福岡城内、又之進の御用部屋に珍客が訪れていた。

江戸留守居役、永田平之丞である。

実は車返の谷の切り抜きが完了した時、藩はこの難工事に功績のあった者達に褒美を与えていた。それは工事奉行の神崎仁右衛門はじめ郷夫頭、郷夫小頭等々がその主な対象になっていた。岩山を切り抜くという難工事だから石工の働きが浮上するのは確かにその通りなのだが、又之進は車返切り抜きだけでなく工事全体を裏で支えてくれた二人の男に何とか報いてやりたかった。そこで自分の蓄えの中から応分のものを出すべく別の口実を作って平之丞を江戸から呼び寄せたのである。

「江戸で勝手なことを言う幕府の役人相手によう辛抱してくれた。何を言われても柳に風と受け流し簡単に動じないお主だからこそ出来たこと、儂にはとても真似出来ぬ芸当だ。さぞかし苦労したことであろう」

又之進からこういう風に江戸での仕事を評価されると無性に嬉しかったが、その反面こそばゆい部分もあった。

相手の遊びに自分も半分は付き合っていたからだ。

「ご家老にそう言われますと甚だ光栄に存じます。されど江戸藩邸の中には遊ぶのが留守居役の仕事……などと言いふらす輩も居りまして……」

「それを気にするようなお主ではあるまい」

「いやあ……」

こう言われては頭を掻くより手はなかった。一昨日、又之進は平之丞を堀川に連れ出し中間村の取水口から車返切り抜きまで案内した。

二人は六丈五尺ある峠の個所で立ち止まり見事に切り抜かれた巨大な岩山を見上げた。壁面には至る所に鑿の跡が生々しく残っており、堀川には本流から引き込んだ水が軽やかな音を立てて流れている。

「どうだ、これがちょっと石ころが多いから取り除いたように見えるか？」

「驚きました。私の想像を遥かに越える岩山でございます」

「そうだろう、幕府の役人など何も分かっておらぬ。何故この地形を山の根盤石にて……と書いて悪いのだ」

「それを言われると私も耳が痛うございます」

「いやいや、何もお主を責めておる訳ではない。儂は幕府役人の良い加減さを責めておるのだ。現地のことを何も知らずに文面だけでごまかすなど言語道断」

「その点は私も同感にございます」

二人だけなのを幸い、それからは幕府に対する批判の連続となった。

全てに関し事なかれ主義に陥っている、前例の無いことには最初から腰が引けて動こうとしない、賄賂・接待に対する感覚が鈍い、いや鈍いどころか麻痺している……歩きながらそして時には立ち止まって交わす二人の会話はいつ果てるとも知れない程続いた。

この時、胸の中に溜まっていたものを全て吐き出したせいか今日の平之丞の顔には精気が満ち溢れていた。

「ご家老に全て申し上げたら何だか胸のつかえが取れてスッとしました。そのうえ今日は金子までいただき恐縮です」

「お主は二人居る陰の功労者の一人だ。何も遠慮することはない」

「二人とおっしゃいますと?」

「ウム、あと一人は久作という地元の百姓でな、この男にも大層世話になった」

その久作に対しては近いうちに自分の方から出向き改めて褒美を渡すつもりだ……とも付け加えた。

「ところで平之丞、お主江戸を離れて既に三月、そろそろ深川芸者の顔が恋しくなってきたのではないか、どうもそんな顔をしておるぞ」

「いえ、とんでもございません。ご家老もお人が悪い」

照れたように頭を掻いた平之丞は庭に目をやった。

一昨日、堀川を訪ねた時はよく晴れていたのに昨日は一転してかなり激しい降雨があった。

それが庭の樹木の埃を荒い落とし障子を開け放った御用部屋からよく見える。

空は曇っているが庭の緑は実に鮮やかだった。

庭を眺める二人の耳に廊下を小走りに渡る足音が聞こえ、やがて若い男が顔を見せた。

又之進の世話役を勤める馬杉伝九郎である。

「遠賀堀川総司、浦上様が早馬でおみえでございます」

「何、彦兵衛が早馬だと！」

嫌な予感がした。

ならば私はこれで……と腰を浮かしかけた平之丞を、お主も縁のある堀川の話だからと引き留め二人で彦兵衛に会った。

果たして悪い話だった。

昨夜の雨で遠賀川が増水し中島に設けた堀川の石の水門が瞬時に押し流されたという。押し流されたというより軽く吹き飛ばされた感じだったらしい。

先月に続いてこれで二度目である。

数十人がかりでも動かぬ巨石がアッという間に吹き飛ばされたというから恐るべき自然の力、水の圧力である。

昨日の雨で壊れるくらいなら本格的な梅雨に入るとどんな被害が出るのやら、考えただけでもゾッとする。

「水神様が怒っておられるのではないか」

地元では元和の昔と同様、こんな噂も出始めたという。

人心が動揺し離れていくのが一番恐い。

堀川を造ったのは遠賀川の氾濫をかわすのが目的である。

きっちりとその役割を果たす堀川の姿を見れば地元の農民達も満足するだろう。

扶役にかり出された苦労も忘れて堀川を評価してくれるに違いない。

だが堀川が満足に機能しなかったら強制的に働かされた恨みつらみしか残らない。

これは為政者として最も畏れる事態である。一日でも早く何か手を打たねばならない。今のままでは遠賀川が増水する度に堀川の水門が水圧で破られてしまい十一年間の苦労が文字通り水泡に帰してしまう。

もしそんな事態に至れば腹を切ったくらいでは済まないし、まず第一長政公と大膳殿に申し訳が立たぬではないか。

「さて、どうしたものか……何か良い知恵はないか、平之丞。江戸には沢山の水路があるというではないか」

「江戸の話ではありませんが、留守居組合でこんな話を聞いたことがあります。備前岡山藩が堀川を造る術に長けているとか……」

留守居組合……平之丞は耳慣れない言葉を口にした。

これはいわば大名達の生活の知恵として生まれた「仕組み」である。

将軍家に慶弔等の事案が発生した際、各藩は如何に対応すべきか問い合わせに行く。

それを個別にやっていたのでは幕府側は勿論のこと大名衆も大変だ。

そこで留守居役が合同で問い合わせに行くようになったのだが、それが時間の経過と共に情報交換や懇親を兼ねた留守居組合に発展していった。

しかもほぼ同格同士の付き合いである。

福岡藩の場合、薩摩・長州・備前岡山等有力な外様大名と定期的に顔を合わせ親睦を深めていた。

「何、岡山藩だと！」

平之丞の話に又之進が吃驚するような大声で反応した。

「はい、岡山藩の留守居役とは懇意にしております故、その伝を頼っていろいろ教授願うことも可能かと存じます。必要とあらば直ちに飛んで帰って……」

「良い良い、平之丞、その方の江戸へ戻りたい気持ちはよう分かるが、相手が岡山藩ならお主よりもっと頼りになる人物が居る」

「はて、そんな男が居ましたかな?」

留守居役としての誇りを傷つけられた形の平之丞は不満気な表情を浮かべ首を傾げた。余程気分を害したのだろう、下唇を突き出しうらめしそうな顔で又之進を睨んでいる。そんな平之丞を又之進は悪戯っぽい笑みを浮かべて見守っていた。

お主はどうだ……と彦兵衛に振ってみたが彼の頭の中には堀川のことしかなく他の事にはとても思いが及ばぬ様子である。

「殿じゃよ、平之丞より頼りになるのは福岡藩六代目藩主黒田継高公じゃよ」

勿体ぶった言い回しで又之進が種明かしをすると二人とも思わず「アッ!」と声を出した。

十五年前の正月、継高の長女藤姫が岡山藩主池田宗政に嫁いだのをうっかり失念していたからだ。

宗政にとって継高は義父に当たる……これ程強力な筋はない。

いくら平之丞が優れた留守居役といってもこれには敵わない。

「成る程、殿にはとても敵いませぬ」

平之丞の表情はガラッと変わりあっさりと兜を脱いだ。

早速継高から宗政に書簡が出され何時でも視察者を受け入れるとの返事が来た。

問題は誰を派遣するかである。

現総司の彦兵衛は前任者の又之進と相談のうえ久作を選んだ。

これは相談というより又之進の指示を仰いだ……と言った方が良いだろう。

総司の在任期間からしても又之進の方が遥かに長く、その分だけ諸般の事情に詳しい。

「久作は水を読める」

又之進は久作のことをこう表現した。

車返切り抜きの際、郷夫はひたすら岩を削り動員された人夫は専ら土砂を運んだ。

ただ水が流れるためには傾斜をつけねばならない。

水は高い所から低い所へ流れていく。

目で見ても分からないが何処にどういう角度で傾斜を入れていくか、全て久作の頭脳に頼った……

と又之進は回想する。

つまり久作が作った図面に従って郷夫が岩を削っていった訳だ。

「岡山に行って先方の優れた技量を体と頭で習得し、それを当地に持ち帰れるのは水を読めるお主しか居らぬ。頼むから岡山に行ってくれ」

新旧の総司二人は今は底井野村から車返の谷に居を移して堀川請持となっている久作を直接訪ねて頭を下げた。

藩の重役二人に頼まれて久作はニッコリと頷いた。

満足そうな笑みを浮かべている。

「藩のご重役お二方に頼まれるとは畏れ多いことでございます。私でよろしければ喜んでお引き受け致します」

備前岡山に行けば水に関して何か新しいことを学べる……こう思った久作は二つ返事で引き受けたのだが、次に続いた又之進の言葉には思わず背中が痒くなりモゾモゾと上半身を動かした。

それは全く思いもかけぬ話だった。

「ただ百姓久作のまま行ったのでは岡山藩に礼を失することになる。本日からお主は測量方一田久作と名乗れ。一田とは遠賀郡一の百姓という意味じゃ。それと岡山行きに当たっては今儂の世話役をしておる馬杉伝九郎をお主の配下に付ける。何かと重宝するのは間違いない故、連れていけ」

こうして一田久作と馬杉伝九郎は岡山へ旅発ったのである。

岡山藩は池田光政を始祖とする三十一万五千二百石の大藩である。

領内の東側に吉井川、西側に旭川と二つの大河が流れており光政はこの流域の新田開発を強力に推し進めた。

そのため吉井川と旭川を堀川で結び、これを倉安川と名付けた。

全長五里（二十キロ）の大運河が延宝七年（一六七九）には完成していたのだから、福岡藩に比べ八十年以上の先進性があったことになる。この倉安川だけで一千町歩の田畑を潤したという。これは英明な藩主光政の情熱とその意を忠実に実現した土木技術者津田永忠の頭脳によって成し遂げられたものであった。

（六）

倉安川の川幅は遠賀堀川と大差ないが吉井川本流から水を取り入れる水門の様子は久作が初めて見る画期的なものだった。

まず驚いたのは水門が二つ設けられていることだ。

吉井川に近い第一の水門は頑丈な岩盤の上にあった。

左右の岩盤をうがち、その中に厚さ五寸程の杉材が堰板としてはめ込まれている。

その上に切り妻造りの建屋があり中には堰板を上下させる円筒状の軸木と、それを回す取っ手、更には予備の堰板と麻縄が整然と置かれていた。

人力で堰板を上げ下げ出来れば水量、水位が自在に調節出来る。

雨で吉井川が増水すれば水門を上げて倉安川に引き込めば良い。

凄い……久作はその仕組みに感激した。

第一の水門から半町（五十メートル）程先に同様の仕掛けで堰板がはめ込まれている。

第二の水門である。

「もし洪水で第一の水門が破られたら第二の水門で防ぐ……これは戦と一緒じゃよ」

水門の横に住む樋番役・難波幸二郎が久作と伝九郎を案内しながら自分の役割をこう表現した。

（成る程、水との戦いか……正にその通りだ）

久作には幸二郎の言わんとするところが良く理解出来た。

第一の水門と第二の水門の間はふっくらした楕円形になっており幸二郎はここが「高瀬回し」と呼ばれていることを教えてくれた。倉安川を上下する高瀬舟の舟溜まりとなっている所で同時に幸二郎にとっては検問の場でもあった。

「難波様、この二つの水門、あちこち調べてもよろしうございますか？」

「儂は藩庁から水門付近で怪しげな者を見かけたら切り捨て後免の許しを得ておる。されどお主ら二人は殿の義父上からの使者、もし切り捨てでもしたら儂の方が腹を切らねばならなくなるわい」

久作の問いかけに幸二郎はこう答えて豪快に笑い飛ばした。

「後は私にお任せ下さい」

こう軽く胸を叩いた伝九郎が変身した。

二つの水門に関する全ての寸法を測り始めたのだ。

堰板の幅、高さ、厚さは勿論のこと建屋の内外全てを瓦の枚数に至るまで詳細に調べ上げた。

しかも屋根に上る時は猿《ましら》のように素早く水に潜る時はまるで河童を思わせるように息が長い。

超人的な伝九郎の行動は正に目を見張るものだった。

彼が測ったものを久作が図面に仕上げていく……二人の呼吸はピッタリ合い僅か三日でこの難作業を終えることが出来た。

必ず重宝するから連れていけ……と又之進が薦めた意味がよく分かった。

「馬杉様は一体どういうお方なんで？」

二人が借りている難波家の離れで久作が尋ねた。

「配下の者に様を付けてはいけないと何度も申し上げたでしょ」

伝九郎は優しい声で諭すように言う。

昼間、髪振り乱し口に曲尺を銜えて水面に顔を出した同じ人物とはとても思えない。

福岡から岡山への道中でもそうだった。

まるで十数年も前から久作の配下であったかのように振る舞いそれに合った口の利き方をする。

一田姓になったばかりの急造武士久作にはとても真似出来ぬ秘技であった。

馬杉様……とつい様を付けて呼んでしまうのだ。

「一田様は倉安川水門を見てどう思われました？」

伝九郎はあくまで目下の者として接してくる。だが久作は目上の者として振る舞うことが出来ず、どうしても丁寧な応対になってしまう。

「まず第一は頑丈な岩盤が必要ということですね、我々が造った中島の水門など大きな石をただ積み上げただけ、あれではとても自然の力に太刀打ち出来ません。ここの水門を見てそのことがよく分かりました」

「全く同感です。遠賀堀川に置き換えると何処になるでしょう？」

「車返の谷のような岩場が最適ですが、あそこでは遠すぎます。もっと遠賀川本流の近くでないと……」

「それなら一カ所あるんじゃないですか、もうちょっと上の方に？」

「えっ！」

久作は思わず目を剥いた。

すかさず答えを返した伝九郎の反応に驚いたのである。

（この馬杉伝九郎という男、一体何者なのだ。何故遠賀川周辺の地形のことまで知っているのだ？）

しかし伝九郎のこの一言で久作の頭が刺激され記憶が蘇った。

確かに中島水門から十町（千メートル）程上流に岩場がある。

総社山と呼んでいる小さな岩山、しかも遠賀川本流に近い。

「実は私の先祖は如水公の頃から黒田家に仕えた者でございます」

久作の不安を察したかのように伝九郎は自分のことを語り始めた。

何と伝九郎の家系は甲賀忍びだという。

関ヶ原合戦の直前、豊前中津城に居た黒田如水は大坂、鞆津、上関に軽舸を置き大坂の状況が三日で中津に届くような情報網を作り上げた。

何故、そのような仕組みを必要としたのか。中央では徳川家康の東軍と石田三成を中心とした西軍の対立が深まり両軍の激突は必至と見られていた。

この時如水は「徳川に味方する」と称していたが、実は第三の勢力となって密かに天下を狙っていた。

だからこそ中央の情報が少しでも早く欲しかったのだ。

その頃、如水軍の中心になって働いた忍びが伝九郎の先祖だと初めて自分の素性を明かした。

さてその伝九郎だが又之進から岡山行きを命ぜられた直後、すぐに遠賀郡に飛んで堀川周辺の地形を調べ上げたという。

「一田様の屋敷の回りもうろつきました。大方の間取りも分かっております」

「甲賀の忍びですか……いや、それで得心がいきました。水門を測る時の馬杉様の動きと目の輝き

「……あれは只者ではありません」

久作は二、三度頷いて自らの心を納得させた。

「ところで一田様、気になることが一つございます」

「何でしょう？」

「第一の水門用の岩場はありますが第二の場所がなかなか……」

第一の水門を総社山の岩場に作るとしても第二の水門を何処に置けば良いのか……平坦な田圃の中を流れるようにした遠賀堀川には適当な場所が思い当たらないのだ。

車返の谷では遠すぎる。

「私も先刻からそのことを考えていたのですが……こうしてみたらどうでしょう」

まだ十分に練り上げた案ではないから実際にやれるか否か不明な点がある……と前置きして久作は頭の中に浮かんだ構想を語った。

総社山の岩場がどのくらいの規模のものか実際に現地で測ってみないと分からないが、頭の中にある印象では吉井川第一水門の岩盤より大きいのは間違いない。

そこで総社山にはここよりも大きめの建屋を建て、その両側で堰板が上げ下げ出来るようにしたらどうだろう……。

「つまりこういうことです。仮に建屋の幅を二間としましょう。遠賀川本流に近い方が第一水門、遠い方が第二水門……倉安川で半町ある水門の幅を二間に縮めるのです」

これを聞いて、今度は伝九郎が久作の頭脳に感心する番だった。

「ご家老が一田様のことを水を読む……と言われましたが、その意味がよく分かりました」

そして深々と頭を下げる伝九郎の姿があった。


久作と伝九郎が岡山で汗を流している頃、福岡城内又之進の御用部屋に竹田定澄が顔を出した。

「ご多忙のところ態々こういう場を設けていただき恐縮に存じます」

「堅苦しい挨拶はそのくらいにして、さ、どうぞ楽にして下され」

二人だけで会うのは実に十五年ぶりである。又之進が郡方元締になって間もない頃、竹田家を訪ねて「筑前国続風土記」に関する調査の結果報告を聞いて以来のことだ。

その後も時折、城中で顔を合わせることはあったが調査の件を口外しないと約束した以上、又之進の方から声をかけることはなかったし定澄の方も目顔で挨拶する程度だった。二人とも律義すぎる程、約束を固く守ったのである。

ところが数日前、用人を通して定澄からの面会申し入れがあった。

久作と伝九郎の岡山行きのことは公にしていないから端目には堀川開削が成って一段落した時分と見えたのだろう。

（恐らく堀川に関する話か……）

直感的にこう受け取った又之進は他に用件の入っていない今日を指定しゆっくり会うことにしたのである。

「まずは遠賀堀川の完成、おめでとうございます」

「ウム、貴殿には当初何かと心配をかけ申した」

「いえいえ、とんでもございませぬ。そのようにご家老にお気遣いいただくだけで十分でございます。ところで実は最近、意外なものが見つかりまして……」

こう言って定澄は脇に置いていた風呂敷包みを開いた。

そこに現れたのは以前見たのとは違うが、「筑前国続風土記」の鞍手郡の草稿だという。

「この草稿の中にこんな紙片が挟んでありました」

それは表紙のすぐ下にあった。

色褪せてはいるが二つ折りを開いた紙面には定澄の父定直の筆跡だという文字がはっきり読み取れた。

元和の頃、遠賀郡中間村、岩瀬村、吉田村、折尾村にて大いに歌われしとか。

恐ろしや去年の雨の恐ろしや

降る雨も降る百八日
またも続かば魔国せん
五穀は尽きて魔国せん
また時たち今上の御慈悲にあづかりて
堀川掘れる扶役せば
子孫繁盛コレイナア所繁盛コレイナア

恐らく土地の古老か誰かへの聞き取りだったのだろう、走り書きではあるが百数十年前に地元で流行ったという歌の文句が綴ってある。

「ウーム、成る程……」

又之進は思わず唸った。

遠賀堀川の扶役に出た連中が仕事中にでも歌ったのだろうか。

大雨にやられて悪魔の国になるところだったが堀川の工事によって救われ地域も家族も繁盛する……と喜びを歌っている。

(やはり地元民は堀川の工事を歓迎していたのだ……)

遥か昔、栗山大膳の頃の話だが又之進は何となく胸が軽くなり救われたような気がした。時代こそ違え大膳と同じ立場の為政者として民に歓迎されるのは大いなる喜びである。当時の民衆は歌によって自分達の気持ちを素直に表現していたのだ。

流行歌《はやりうた》の文句ほど大衆の心を表現しているものはない。

大衆の支持があるからこそ流行るのだ。

「元和の工事が思うように進まなかったのは貴船神社下の土質の問題だと聞いておりましたが、確かに極めて脆いものでした」

定澄が思いもかけぬことを口にした。

「貴殿、現地に行かれたのか！」

「ハイ、もう数年前のことですがどうにも気になったものですから」

定澄は雑草の生い茂る貴船神社裏の斜面を何カ所か場所を変えて降りてみたが、どこも草鞋の下の砂岩がザラザラと崩れ落ちた。

雨上がりを避け晴れた日を選んだのだがこの結果だった。

「丁度その頃、旅の老僧が現れ掘っても掘っても渠が崩れて工事が進まないのは貴船神社に祀る龍神様の祟りだ……と言い触らして民衆を煽ったそうです」

「ウム、それは儂も聞いておる」

「私は土地の古老何人かを訪ねて聞いて回りました。ところが……」

地元民を扇動して不安に陥れた旅の老僧は黒田氏に滅ぼされた宇都宮氏の残党だと言うのだ。

皆口づてにそう教えられたらしい。

秀吉の軍師として戦功を上げた黒田如水は天正十五年（一五八七）七月、豊前六郡十八万石の大名として入国した。

ところが前の国主宇都宮鎮房が伊予への転封を拒絶して居座ったため新旧両勢力は激突、黒田側は謀をもって宇都宮氏を抹殺した。

入国から二年後、天正十七年（一五八九）の出来事である。

当然謀殺された宇都宮氏の恨みは深くあちこちで神隠しや不審火等々不可解な事件が頻発していた。

遠賀堀川の開削に着手したのが宇都宮氏謀殺から三十年後、確証は無いがその残党が黒田領内で撹乱戦術に出たとしても何ら不思議ではない。

十分に有り得る話だ。

「大膳殿はそれを知っていたのだろうか？」

今となっては分かる筈もないのだが又之進は一番気になることを口にした。

「さあ、どうでしょう……」

定澄も盛んに首をひねっている。

（工事が進まないのは貴船神社下の土質の問題だから譬え老僧の正体を知ってその首を刎ねたとして

も事態収拾には繋がらない。問題は老僧に煽られて士気の低下した地元民のやる気を少しでも早く取り戻すこと……恐らく大膳殿はこう考えたのではないか……）

そのためには堀川の経路を変えた方が良い。時間はかかろうとも工事が着実に進む経路であれば人心も落ち着くし乱れない……こういう考えが久作の家に伝わる三項目に及んでいるに違いない……と又之進は思った。

「大膳殿はさぞかし無念だったことでしょう。その歌にあるように一時は地元民に大歓迎されながらも想い半ばにして工事を中断せざるを得なかったのですから……でも今、漸く櫛橋様がその想いを果たされました。大膳殿もそして長政公もきっと喜んでおられます、ようやったと……」

定澄は又之進の業績をこのように讃えた。又之進は再び紙片に目を落とした。

子孫繁盛、所繁盛の文字が輝いて見える。堀川を造る間だけでなく完成した後も堀川を活用して皆の暮らしに役立てねばならぬ……そうなれば正に子孫繁盛、所繁盛になるのだ。

「いや、実に良いものを見せてもらった。この通り礼を言う」

定澄に深く頭を下げた又之進がこう言葉を続けた。

「振り返ればこの堀川開削工事からいろいろ学ぶことが出来た。お主に調べてもらった大膳堀に始まり栗山大膳殿、後藤又兵衛殿に関する記述では政治の恐ろしさを知った。ただ悪いことばかりではない。儂は黒田家譜を読んで藩祖如水公の想いの高さ……というか上に立つ者の心構えを知ってこの身が震えた」

「臣下万民の罰でございますな」

定澄が我が意を得たりというような表情で応じた。

「左様、流石よう知っておるな」

「恐れ入ります」

「恥ずかしながら儂はそれ迄如水公の志というものを知らなかった。あの件《くだり》を目にした時、儂は腹の内から激しく揺さぶられてこの身が震えたのを今でもはっきり覚えておる」

又之進はゆっくりと視線を上げた。

両目を細めまるで遠い昔を懐かしむような顔である。

黒田家譜巻之十五に如水遺事として次のようにある。


如水曰く、神の罰より主君の罰おそるべし。主君の罰より臣下万民の罰おそるべし。其故は「神の罰は祈りてまぬかるべし。主君の罰はわび言を以て謝すべし。唯臣下百姓にうとまれては必国家を失ふ故、祈りてもわび言しても其罰をまぬかれがたし。故に神の罰、君の罰よりも臣下万民の罰は尤おそるべし」とのたまえり。

戦国乱世を生き抜いた如水にかくも民を思う心があったとは驚きであった。

昂奮と感激で又之進の身体は震えた。

「これぞ正に上に立つ者の心構えの神髄じゃ。儂はこのことを殿に申し上げ異見会でも事有る毎に説いておる」

「それを聞いて安堵致しました。藩のご重役の方々が臣下万民に目を向けておられるとは心強い限りにございます」

「儂が言ったのではなく藩祖如水公の遺訓だから重みが違う、皆神妙な顔で聞いておるわ」

「いやあ、今日は実に収穫の多い日でございました」

その後一刻ばかり二人は話し込み、後日改めて堀川を見学して底井野の茶屋に案内することを約したのであった。


さて福岡藩に戻った久作と伝九郎は直ちに総司浦上彦兵衛に報告、それを受けた彦兵衛は家老櫛橋又之進の了解を得たうえで久作の構想通り中間村総社山の岩場に水門を作った。

それは岡山藩倉安川水門を原型とし久作独自の知恵を織り込んだ福岡藩流の水門であった。

土地の人達はこの水門を「唐戸」と呼んで慈しんだ。

唐戸完成後、遠賀川の洪水は激減し更に堀川を流れる水は潅漑用水としても大いに利用されるようになった。

正に子孫繁盛、所繁盛に向けて流れ始めたのだ。

「久作、お主の岡山での働き、伝九郎から詳しく聞いた。改めて礼を言う」

「いえいえ岡山では私よりも馬杉様が獅子奮迅のお働きでございました」

「ウム、それも聞いた。されど此度の総社山水門が堀川の全てを決した。お主の並外れた知恵によって堀川に初めて命が宿ったのだ」

今は家老となった櫛橋又之進がわざわざ車返の一田家を訪ねて礼を述べた。

元和の工事の際、無念の涙を呑んだ大膳の想いが百数十年の歳月を経て漸く実を結んだのである。

しかもその原動力になったのが大膳の血を引く久作だったとは……。

(運命とはいえ不思議なものよ……)

そう思わざるを得ない結果であった。

莫大な金と人を投入し十一年もの歳月をかけて完成した堀川が取水口設置の失敗によって水泡に帰すやもしれぬ危機に陥った寸前、久作の知恵によって救われたのである。

「此度は特段の褒美はやれぬが、堀川が動き始めたその日からお主に河庄屋を命じる」

河庄屋就任……これには大きな特典があった。堀川を通る全ての舟から五十文ずつ通舟料として受け取れるのである。

勿論その中から堀川の修繕維持費は出すのだが、それを差し引いても莫大な財が残った。それから四十二年後の文化元年（一八〇四）水門は約一里上流の楠橋村寿命に移された。これは長い間に本川の川床が上がり堀川への水乗りが悪くなったからである。

だが水門が中間村総社山から楠橋村寿命に移っても一田家の河庄屋に変化はなくそれは明治維新まで続いた。

明治になってから堀川は筑豊で産出される石炭の輸送路として活用されたが、やがてそれも鉄道に押されて衰退し終には石炭産業そのものが消滅してしまった。

今、堀川は全ての歴史的役割を終えたかのように淀んだ水を湛えて残存している。

なお栗山大膳のことだが大膳は「黒田騒動」の幕府裁定によって奥州盛岡へ配流となった。

栗山大膳の世間的評価は忠臣である。

しかし何度も繰り返すが福岡藩から見ればあくまでも反逆、不忠の臣である。

そのせいかどうか城下町福岡には大膳を偲ばせるようなものは何も残っていない。

だが城下を東へ十里離れた北九州市八幡西区折尾付近には大膳という町名、それに大膳橋の名前が残っている。

勿論それは残存している堀川沿いの町であり橋である。

著者／興膳克彦（こうぜん・かつひこ）
昭和 17 年 1 月 8 日，福岡県にて生まれる。
昭和 35 年，福岡県立修猷館高等学校卒業。
昭和 39 年，九州大学経済学部卒業。株式会社安川電機入社。
平成 14 年，定年退職ののち，文筆活動に入る。
福岡地方史研究会監事。九州文学同人。
主な著書に『白黒騒動』（文芸社）

稀代《きだい》の軍師《ぐんし》 黒田如水《くろだじょすい》

発　行　二〇一二年四月一五日　初版第1刷
著　者　興膳克彦
発行人　伊藤太文
発行元　株式会社　叢文社
〒112―0014
東京都文京区関口一―四七―一二江戸川橋ビル
電　話　〇三（三五一三）五二八五
ＦＡＸ　〇三（三五一三）五二八六

印刷・製本　モリモト印刷

ISBN978-4-7947-0691-1